COLLECTION FOLIO

Un voyage érotique

Invitations à l'amour dans la littérature du monde entier

Gallimard

L'Antiquité ou l'invitation au plaisir

CATULLE

Poèmes

Vivons, Lesbie, aimons-nous, et tous les murmures
De ces tristes vieillards, comptons-les pour un sou !
Les soleils peuvent bien se lever, se coucher :
Nous, il nous faut dormir une nuit éternelle.
Donne mille baisers, donne-m'en cent encore,
Mille autres, à nouveau, encore une centaine,
Et encore une fois mille autres, et puis cent.
Puis quand nous aurons tant de milliers de baisers,
Nous les mélangerons pour embrouiller le compte,
Afin qu'aucun méchant ne puisse être jaloux
En sachant que nous échangeons tant de baisers.

PROPERCE

Élégies

Cynthie (que les amateurs de roman d'amour autobiographique croyaient disparue, en se fiant à Properce !) réapparaît au quatrième livre des Élégies, *notamment pour faire une fugue vers Lanuvium avec quelque galant. Pour se venger, Properce improvise une partie fine avec deux gourgandines, en compagnie de Lygdamus, l'esclave de sa maîtresse.*

En voyant tant de fois mon lit déshonoré,
j'ai voulu changer d'air, et me coucher ailleurs.
Près du temple de Diane habite la Phyllis,
pas très jolie à jeun, mais parfaite après boire.
Le bois du Capitole abrite la Téia :
ivre, d'un seul amant elle n'a point assez !
Je les fis donc venir pour adoucir ma nuit
et pour inaugurer mes larcins amoureux.
Un seul lit pour nous trois, dans l'herbe, et à l'écart.
Moi, j'étais couché où ? entre les deux coquines !
Lygdamus tient le bar : verres de pique-nique,
et un cru de Méthymne à saliver en grec !
Un flûtiste égyptien, Phyllis aux castagnettes ;
en vrac, tout un semis de pétales de roses ;

Un nain nommé Legrand, au corps ratatiné,
agitait ses moignons au son d'une bombarde.
La lampe bien garnie, mais la flamme tremblait ;
la table s'effondra, les quatre pieds en l'air.
Moi, je cherchais aux dés le gros coup de Vénus,
mais les quatre as – les chiens ! – me sortaient à tout coup.
Elles crient ? je suis sourd. Leurs seins à l'air ? Aveugle !
Je suis, hélas ! tout seul, là-bas, à Lavinium !
Tout à coup, sur ses gonds, la porte grince et crie,
sur le seuil, on chuchote, et vlan !, voilà Cynthie
Qui envoie promener en l'air les deux battants,
les cheveux mal coiffés, furieuse, superbe !
La main me fait défaut, et ma coupe m'échappe,
malgré l'onction du vin, mes lèvres se font pâles.
Elle, la foudre aux yeux, tornade faite femme !
Quel spectacle ! pas moins, la prise d'une ville !
Ses ongles furieux griffent Phyllis aux joues ;
Téia, épouvantée, à l'entour crie : « Au feu ! »
Les bourgeois endormis sortent avec des lampes.
De cette folle nuit tout le quartier résonne !
Les cheveux arrachés, leurs robes en lambeaux,
les deux filles s'enfuient dans l'ombre d'une rue.
Cynthie a triomphé, dépouillé, s'en revient,
jubile et d'un revers de main me fend la lèvre,
Me marque dans le cou en mordant jusqu'au sang,
cogne surtout mes yeux, qui l'ont bien mérité.
Puis, quand ses bras sont las de me rouer de coups,
au tour de Lygdamus, caché au pied du lit :
De là, elle l'extrait – il m'implore : « Au secours ! »
Désolé, Lygdamus : moi aussi, je suis pris !

OVIDE

L'Art d'aimer

Larmes, baisers, hardiesse

Les larmes également sont utiles : avec des larmes tu amollirais le diamant. Tâche que ta bien-aimée voie, si tu peux, tes joues humides. Si les larmes te font défaut (car elles ne viennent pas toujours à commandement), mouille-toi les yeux avec la main.

Quel est l'homme expérimenté qui ne mêlerait pas les baisers aux paroles d'amour ? Même si elle ne les rend pas, prends-les sans qu'elle les rende. D'abord elle résistera peut-être et t'appellera « insolent » ; tout en résistant, elle désirera d'être vaincue. Mais ne va pas lui faire mal par des baisers maladroits sur ses lèvres délicates, et garde bien qu'elle puisse se plaindre de ta rudesse. Prendre un baiser et ne pas prendre le reste, c'est mériter de perdre même les faveurs accordées ! Qu'attendais-tu, après un baiser, pour réaliser tous tes vœux ? Hélas ! tu as fait preuve de manque d'usage, et non de retenue. Ç'aurait été de la violence, dis-tu ; mais cette violence est agréable aux femmes ; ce qu'elles aiment à donner, souvent elles veulent l'accorder malgré elles. Une femme, prise de force brusquement par un vol amoureux, s'en réjouit ; cette insolence vaut pour elle un présent. Mais celle que l'on pouvait forcer, et qui se retire intacte, peut bien affecter la joie sur son visage ; elle sera triste. Phébé fut violée ; sa sœur fut victime d'un viol ; l'une et l'autre n'en aimèrent pas moins celui qui les avait prises.

Une histoire bien connue, mais qui mérite d'être racontée, c'est la liaison de la jeune fille de Scyros avec le héros hémonien. Déjà la déesse qui, sur le mont Ida, avait été jugée digne de vaincre ses deux rivales, avait récompensé, pour son malheur, celui qui avait rendu cet hommage à sa beauté. Déjà d'un autre continent une nouvelle bru était venue chez Priam, et, dans les murs d'Ilion, il y avait une épouse grecque. Tous [les princes grecs] jurèrent d'obéir au mari offensé, car le ressentiment d'un seul homme était devenu la cause de tous. Achille (quelle honte ! s'il n'eût cédé aux prières d'une mère) dissimulait son sexe sous la longue robe [des femmes]. Que fais-tu, petit-fils d'Éaque ? Filer la laine, ce n'est pas ton rôle. C'est un autre art de Pallas qui doit te donner la gloire. Qu'as-tu à faire des corbeilles à ouvrage ? C'est à porter un bouclier que ton bras est destiné. Pourquoi cette laine dans la main qui doit terrasser Hector ? Jette loin de toi ces fuseaux laborieusement entourés de laine : ce que doit brandir ta main, c'est la lance du mont Pélion. Par hasard, dans le même lit couchait une fille de sang royal ; ce fut elle qui s'aperçut, par son déshonneur, que son compagnon était un homme.

C'est à la force qu'elle céda (du moins il faut le croire), mais elle ne fut pas fâchée d'avoir à céder à la force. Souvent elle lui dit : « Reste », quand Achille déjà se hâtait de partir ; car il avait déposé la quenouille pour saisir ses armes redoutables. La violence, où est-elle ici ? Pourquoi, d'une voix caressante, retenir, Déidamie, l'artisan de ton déshonneur ?

La pudeur interdit à la femme de provoquer certaines caresses, mais il lui est agréable de les recevoir quand un autre en prend l'initiative. Oui ! un homme compte trop sur ses avantages physiques, s'il attend que la femme commence à faire les avances. C'est à l'homme de commencer, à l'homme de dire les mots qui prient, à elle de bien accueillir les prières d'amour. Veux-tu la prendre ? Demande. Elle ne désire que cette demande. Explique la cause et l'origine de ton amour. C'est Jupiter qui abordait les héroïnes de la légende et [qui les abordait] en suppliant ; malgré sa puissance aucune ne vint le provoquer. Mais si tes prières se heurtent à l'éloignement d'un orgueil dédaigneux, ne va pas plus loin et bats en retraite ! Combien désirent ce qui leur échappe et détestent ce qui est à leur portée ! Sois moins pressant, tu ne seras plus repoussé. Et l'espoir d'arriver à tes fins ne doit pas toujours apparaître dans tes demandes ; pour faire pénétrer ton amour, cache-le sous le voile de l'amitié. J'ai vu des beautés farouches être dupes de ce manège : leur courtisan était devenu leur amant.

[...]

Pratique des choses de l'amour

Mais voici que, complice, un lit a reçu deux amants : arrête-toi, Muse, à la porte close de leur chambre. Tout seuls, sans ton concours, les mots viendront en foule, et, dans le lit, la main gauche ne restera pas inactive. Les doigts trouveront à s'occuper du côté où mystérieusement l'Amour plonge ses traits. C'est ainsi qu'à l'égard d'Andromaque en usait d'abord le très vaillant Hector, et ce n'est pas seulement dans les combats [guerriers] qu'il était bon. C'est ainsi que, lui aussi, à l'égard de sa captive de Lyrnesse en usait le grand Achille, lorsque, fatigué de la guerre, il reposait sur une couche moelleuse. Ces mains, Briséis, tu souffrais qu'elles te touchent, et pourtant elles étaient toujours teintes du sang phrygien. Ou bien, voluptueuse, ce qui te plaisait, n'était-ce pas justement de sentir sur tes membres ces mains victorieuses ?

Crois-moi, il ne faut pas hâter le terme de la volupté, mais y arriver insensiblement après des retards qui la diffèrent. Quand tu auras trouvé l'endroit que la femme aime à sentir caressé, la pudeur ne doit pas t'empêcher de le caresser. Tu verras les yeux de ton amie briller d'un éclat tremblant, comme il arrive souvent aux rayons du soleil reflétés par une eau transparente. Puis viendront des plaintes, viendra un tendre murmure et de doux gémissements et les paroles qui conviennent à l'amour. Mais ne va pas, déployant plus de voiles [que ton amie], la laisser en arrière, ou lui permettre de te devancer dans ta marche. Le but, atteignez-le en même temps ; c'est le comble de la volupté, lorsque, vaincus tous deux, femme et homme demeurent étendus sans force. Voilà la conduite à suivre, lorsque le loisir te laisse toute liberté, et que la crainte ne te contraint pas à hâter le larcin d'amour. Lorsqu'il y aurait danger à tarder, il est utile de te pencher de toute ta force sur les rames et de donner l'éperon à ton coursier lancé à toute allure.

LUCRÈCE

De la nature

De même l'adolescent dont la semence commence à se répandre dans tous les vaisseaux de son corps, au jour même où elle s'est mûrie dans l'organisme, voit s'avancer en foule des simulacres de diverses personnes qui lui présentent un visage charmant, un teint sans défaut : vision qui émeut et sollicite en lui les parties gonflées d'une abondante semence, au point que, dans l'illusion d'avoir consommé l'acte, il répand à larges flots cette liqueur et en souille son vêtement.

La puberté et l'amour

Cette semence, dont nous venons de parler, s'agite en nous dès que l'adolescence commence à fortifier nos organes. Et comme chaque objet est ému et sollicité par une cause particulière, seule l'influence d'un être humain est capable de faire jaillir du corps humain la semence de l'homme. À peine expulsée des parties du corps où elle avait fait son siège, celle-ci traverse les membres et les organes, et, se retirant de l'ensemble de l'organisme, elle va se concentrer dans certaines régions nerveuses, pour éveiller aussitôt et surtout les parties génitales. Ces parties irritées se gonflent de semence, et la volonté surgit de la répandre dans l'objet que brûle d'atteindre la fureur du désir ; le corps vise l'objet qui a blessé l'âme d'amour. Car c'est un fait général que le blessé tombe du côté de sa plaie : le sang gicle dans la direction où le coup nous a frappés, et l'ennemi même, s'il se trouve à portée, est couvert par le jet rouge. Ainsi en est-il de l'homme blessé par les traits de Vénus : qu'ils lui soient lancés par un jeune garçon aux membres féminins, ou par une femme dont toute la personne répand l'amour, il pousse droit vers l'auteur de son mal, il brûle de s'unir étroitement à lui, et de lui lancer dans le corps la liqueur jaillie du sien ; car le muet désir qui l'anime lui donne un avant-goût de la volupté.

Dangers de l'amour, souffrances et illusions des amoureux

Voilà pour nous ce qu'est Vénus ; de là vient le nom de l'Amour ; c'est ainsi que Vénus distille dans notre cœur les premières gouttes de sa douceur, à laquelle succède le souci glacial. Car, en l'absence de l'objet aimé, toujours son image est présente à nos yeux, toujours son doux nom obsède notre oreille.

Mais il convient de fuir sans cesse ces simulacres, de repousser ce qui peut nourrir notre amour, de tourner notre esprit vers d'autres objets ; il vaut mieux jeter dans le premier corps venu la liqueur amassée en nous que de la garder pour un unique amour qui nous prend tout entiers, et de nous réserver la peine et la douleur certaines. Car, à le nourrir, l'abcès se ravive et devient un mal invétéré ; de jour en jour, la frénésie s'accroît, la peine devient plus lourde, si tu n'effaces par de nouvelles plaies les premières blessures, si au hasard des rencontres tu ne les confies encore fraîches aux soins de la Vénus vagabonde, et ne diriges vers d'autres objets les impulsions de ton cœur.

Éviter l'amour, ce n'est point se priver des jouissances de Vénus, c'est au contraire en prendre les avantages sans rançon. Assurément ceux qui gardent la tête saine jouissent d'un plaisir plus pur que les malheureux égarés. Au moment même de la possession, l'ardeur des amoureux erre et flotte incertaine : jouiront-ils d'abord par les yeux, par les mains ? Ils ne savent se fixer. L'objet de leur désir, ils le pressent étroitement, ils le font souffrir, ils impriment leurs dents sur ses lèvres mignonnes qu'ils meurtrissent de baisers : c'est que chez eux le plaisir n'est pas pur ; des aiguillons secrets les pressent de blesser l'objet, quel soit-il, qui fait lever en eux ces germes de fureur.

Du reste l'intervention de Vénus brise les élans furieux de la passion, et les caresses de la volupté se mêlent aux morsures pour les refréner ; car l'amour espère toujours que l'objet qui alluma cette ardente flamme est capable en même temps de l'éteindre : illusion que combattent les lois de la nature. C'est le seul cas en effet où plus nous possédons, plus notre cœur s'embrase de désirs furieux. Les aliments, les boissons, sont absorbés et passent dans notre organisme ; ils peuvent y occuper des places fixes : aussi est-il facile de combler le désir du boire et du manger. Mais d'un beau visage et d'un bel incarnat, rien ne pénètre en nous dont nous puissions jouir, sinon des simulacres, d'impalpables simulacres, espoir misérable que bientôt emporte le vent. Semblables à l'homme qui, dans un rêve, veut apaiser sa soif, et ne trouve pas d'eau pour éteindre l'ardeur qui le consume : il s'élance vers des simulacres de sources, il s'épuise en vains efforts, et demeure assoiffé au milieu du torrent où il s'efforce de boire ; ainsi les amoureux sont dans l'amour le jouet des simulacres de Vénus. Ceux-ci ne peuvent les rassasier par la vue de l'être aimé ; leurs mains ne sauraient détacher une parcelle de ces membres délicats sur lesquels ils laissent errer leurs caresses incertaines. Enfin, membres accolés, ils jouissent de cette fleur de jeunesse, déjà leurs corps pressent la volupté prochaine ; Vénus va ensemencer le champ de la femme ; ils pressent avidement le corps de leur amante, ils mêlent leur salive à la sienne, ils respirent son souffle, les dents collées contre sa bouche : vains efforts, puisqu'ils ne peuvent rien dérober du corps qu'ils embrassent, non plus qu'y pénétrer et s'y fondre tout entiers. Car c'est là par moments ce qu'ils semblent vouloir faire ; c'est là l'objet de cette lutte, tant ils mettent de passion à resserrer les liens de Vénus, quand leurs membres se fondent, pâmés de volupté. Enfin quand le désir amassé dans leurs veines a trouvé son issue, cette violente ardeur se relâche pour un moment ; puis un nouvel accès de frénésie survient, la même fureur les reprend : c'est qu'ils ne savent eux-mêmes ce qu'ils désirent, et ne peuvent trouver le remède qui triomphera de leur mal : tant ils ignorent la plaie secrète qui les ronge.

PÉTRONE
Le Satiricon

Il entra alors un inverti, un individu particulièrement dépourvu d'esprit, et bien digne de cette maison, qui, après avoir poussé des cris funèbres, en se tordant les mains, débita des vers de cette sorte :

> « Allons, allons, venez ici, maintenant, délicieux mignons, venez d'un bon pas, approchez au pas de course, volez sur vos jambes, cuisse agile, cul habile, et main provocante, enfants voluptueux, vétérans éprouvés, ô châtrés de Délos ! »

Ces vers achevés, il me mouilla du plus immonde des baisers. Puis il vint se mettre sur mon lit et, de toute sa force, me déshabilla, malgré ma résistance. S'attachant à mon bas-ventre, il me pétrit longuement, mais en vain. Sur son front coulaient des ruisseaux de sueur et de pommade et dans les rides de ses joues il y avait tant de craie qu'on aurait cru voir un mur délabré en train de se défaire sous une averse.

Je ne pus m'empêcher plus longtemps de pleurer, mais, parvenu au comble de la tristesse : « S'il te plaît, dis-je, Madame, tu avais dit qu'on nous donne une coupe ? » Et elle, applaudissant d'une main légère : « Ô, dit-elle, le bon plaisant, la source de l'esprit le plus pur ! Eh bien ? Tu n'avais pas compris que le châtré était "coupé" ? » Alors, pour que mon camarade ne s'en tirât pas à meilleur compte : « Je vous en supplie, dis-je, Ascylte est-il seul, dans cette salle, à être en vacances ? — Oui, dit Quartilla, que l'on donne le mignon à Ascylte aussi. » À ce mot, l'inverti change de cheval, passe sur mon camarade et le bourre de coups de fesses et de baisers. Au milieu de tout cela, Giton s'était levé et se rompait les côtes à force de rire. Quartilla le vit et demanda avec le plus vif intérêt à qui appartenait ce garçon. Et comme j'avais répondu que c'était mon petit frère : « Pourquoi, alors, dit-elle, ne m'a-t-il pas embrassée ? » Elle l'appela et l'embrassa très fort. Bientôt, elle glissa la main sous sa tunique et, manœuvrant cet engin encore tout neuf : « Voilà, dit-elle, qui demain prendra gentiment du service pour me mettre en appétit ; aujourd'hui, après avoir mangé une belle anguille, je ne veux pas de fretin. »

[...]

Une bourgeoise des plus honorables, appelée Philomèle, qui avait déjà détourné plus d'un héritage en mettant à profit sa jeunesse, maintenant vieille et flétrie, offrait son fils et sa fille aux vieux célibataires, et, grâce à ces remplaçants, continuait à exercer son industrie. Elle vint trouver Eumolpe, se mit à recommander ses enfants à sa sagesse et à sa bonté, à lui accorder toute sa confiance, pour elle et ceux qui faisaient son espérance. Il était, disait-elle, le seul au monde qui pût instruire chaque jour ces jeunes gens de saines maximes. Bref, elle laissa les enfants chez Eumolpe, pour qu'ils profitent de sa conversation : c'était le seul héritage qu'elle pût donner à leur jeunesse. Elle fit comme elle l'avait dit ; elle laissa dans la chambre d'Eumolpe la fille, qui était très jolie, ainsi que son frère, dans la fleur de l'âge, et elle fit semblant d'aller au temple pour accomplir certains vœux.

Eumolpe, qui était d'une chasteté telle qu'il me considérait moi-même comme un mignon, ne perdit pas un instant pour inviter la fillette à exécuter une danse du ventre sacrée. Mais, comme il avait dit à tout le monde qu'il avait la goutte et qu'il était perclus, s'il ne maintenait pas la fiction jusqu'au bout, il risquait de mettre par terre toute notre tragédie. Aussi, pour que notre mensonge continuât de trouver créance, il pria la jeune fille de se mettre à cheval sur cette bonté qu'on lui avait vantée, et ordonna à Corax de se glisser sous le lit où il était lui-même couché, puis, s'appuyant avec les mains au pavé, de donner le mouvement nécessaire à son maître avec ses propres reins. Corax obéissait habilement à cet ordre, et le savoir-faire de la jeune fille répondait par un balancement pareillement rythmé. Comme la chose était sur le point d'aboutir, Eumolpe exhortait Corax, d'une voix forte, à accélérer ses services. C'est ainsi que, placé entre son domestique et sa maîtresse, le vieillard semblait jouer à la balançoire. Eumolpe avait déjà recommencé la chose, au milieu de nos éclats de rire – et même des siens. Aussi moi, de mon côté, pour ne pas perdre mon entraînement dans l'inaction, je m'approchai du petit frère qui regardait la voltige de sa sœur à travers une fente et j'essayai de voir s'il se laisserait faire. Cet enfant bien élevé ne refusait pas les caresses, mais, là aussi, le dieu me fut contraire.

[*Lacune. Pourtant, Encolpe ne tarde pas à retrouver sa vigueur.*]

« Oui, plus puissants sont les dieux qui m'ont rendu à moi-même. Mercure, qui emmène et ramène les âmes, m'a rendu, dans sa bonté, ce qu'une main irritée m'avait enlevé, si bien que tu peux constater que je suis aussi mieux pourvu que Protésilas ou n'importe lequel des héros d'autrefois. » Après ces paroles, je relevai ma tunique, et me montrai à Eumolpe tout entier. Lui, d'abord, eut peur, puis pour se persuader tout à fait, il se met à manier des deux mains le présent que m'ont fait les dieux.

Entre Renaissance italienne
et libertinage amoureux

BOCCACE

Le Décaméron

Péronnelle, son mari rentrant au logis, cache un sien amant dans un cuvier que le mari vient tout juste de vendre ; elle-même prétend l'avoir vendu à quelqu'un qui est dedans pour voir s'il lui semble solide. L'homme saute hors du cuvier, le fait racler par le mari, puis emporter chez lui.

De grands éclats de rire saluèrent la nouvelle d'Émilie, et l'on acquiesça à cette oraison qui fut tenue pour sainte et bonne ; mais comme le récit avait pris fin, Philostrate, à qui le roi ordonna de poursuivre, ainsi commença :

Mes dames très chères, tant de tours vous sont joués par les hommes, par les maris surtout, que, s'il advient pour une fois qu'une dame en joue un à son mari, non seulement vous devriez être contentes de l'aventure, et de l'apprendre ou de l'entendre conter par quelqu'un, mais vous devriez vous-mêmes aller la conter partout, afin que nul n'ignore chez les hommes que, s'ils s'y entendent, les dames aussi de leur côté ne s'y entendent pas moins. Ce qui ne peut tourner qu'à votre avantage, car, lorsque l'un sait que l'autre en sait autant, il ne se risque guère à le tromper à la légère.

Qui donc pourrait douter que les choses que nous dirons aujourd'hui sur cette matière, si les hommes en sont instruits, ne les incitent grandement à refréner leur envie de vous bafouer, quand ils verront que vous sauriez, si vous le vouliez, leur rendre la pareille ? Mon intention est donc de vous conter ce qu'une jeune femme, de basse condition pourtant, sut en un instant et pour sa sauvegarde faire à son mari.

Il n'y a pas encore longtemps qu'à Naples un homme pauvre prit pour femme une belle et charmante jeunette, appelée Péronnelle ; gagnant bien petitement, lui avec son métier, car il était maçon, elle à filer sa quenouille, ils s'efforçaient à vivre de leur mieux.

Or il advint qu'un jeune muguet, voyant un jour ladite Péronnelle et la trouvant à son goût, en devint amoureux ; de cent et cent façons il la sollicita, si bien qu'à la fin il l'apprivoisa. Et pour se retrouver ensemble, ils convinrent de ce qui suit : étant donné que le mari se levait chaque matin de bonne heure pour aller travailler ou chercher du travail, le jeune homme se tiendrait en un point d'où il le verrait sortir ; et comme la rue où il restait, et qui s'appelle Ivoire, était fort solitaire, le mari sorti, le galant n'aurait plus qu'à pénétrer chez elle ; ainsi firent-ils plus d'une fois.

Mais un matin parmi d'autres, alors que le bon homme était sorti et que Jeannel Scrignario, puisque tel était le nom du garçon, avait pénétré chez lui pour y retrouver Péronnelle, il advint qu'au bout de peu de temps le mari, qui d'ordinaire ne revenait pas de tout le jour, au logis s'en revint ; trouvant la porte fermée de l'intérieur, il frappa, et sur ce commença à se dire :

« Ô mon Dieu, loué sois-tu à jamais ! Car, si tu m'as fait pauvre, du moins m'as-tu consolé en me donnant pour femme une fille honnête et bonne. Vois comme elle a eu tôt fait de clore cette porte dès que je suis sorti, afin que personne ne pût entrer pour l'importuner. »

Péronnelle, entendant son mari, car elle reconnut sa façon de frapper, s'écria :

« Hélas ! mon petit Jeannel, c'en est fait de ma vie, car voici mon mari ! Maudit soit-il de revenir ainsi ! Je ne sais trop ce que cela veut dire, jamais je ne l'ai vu revenir à cette heure ; peut-être t'a-t-il aperçu lorsque tu es entré ! Mais, pour l'amour de Dieu, quoi qu'il en soit, entre dans le cuvier que tu vois là, moi j'irai lui ouvrir, et nous verrons ce que veut dire ce retour si rapide au logis ce matin. »

Agilement Jeannel entra dans le cuvier, tandis que Péronnelle allait à la porte ouvrir à son mari, que d'un air rogue elle accueillit ainsi :

« Que veut donc dire cette nouveauté ? Qu'as-tu à revenir si tôt à la maison ce matin ? À ce qu'il me semble, toi aujourd'hui tu ne veux rien faire, puisque je te vois revenir tes outils à la main ; mais si tu agis comme ça, de quoi vivrons-nous ? Comment aurons-nous du pain ? Crois-tu que je supporterai de te voir mettre en gage mon cotillon et toutes mes pauvres nippes, moi qui ne fais jour et nuit que filer, au point que ma chair se détache de l'ongle, afin d'avoir au moins assez d'huile pour que brûle notre lampe ? Mari, mari, il n'est pas de voisine qui ne s'en émerveille et ne se gausse de moi, si grande est la peine que j'endure ; et toi, te revoilà les bras ballants à la maison, quand tu devrais être au travail. »

Et cela dit, elle se mit à pleurer et à dire derechef :

« Hélas, chétive, pauvre de moi ! En quelle male heure suis-je née, par quelle male chance suis-je au monde ? Dire que j'aurais pu avoir un garçon si bien que je n'en ai pas voulu, pour venir à celui-ci qui ne pense même pas à celle qu'il a menée sous son toit ! Elles se donnent du bon temps les autres avec leurs amants, il n'y en a pas une qui n'en ait deux et même trois, elles sont en joie et font prendre aux maris la lune pour le soleil ; et moi ; misère de ma vie ! parce que je suis bonne et ne me livre pas à ce genre de fantaisies, je ne souffre que mal et malaventure ; je ne sais pas pourquoi je n'en prendrais pas des amants, comme les autres. Entends-moi clairement, mon mari, si je voulais mal faire, je n'aurais pas de peine à en trouver, car il en est de jolis des muguets, et qui m'aiment et ne me veulent que du bien ; ils sont allés jusqu'à me promettre force deniers, ou si je veux, des robes ou des bijoux, ce que jamais mon cœur ne m'a permis, car je ne suis point fille d'une femme à faire ça ; et te voilà, toi, de retour au logis, au lieu d'être à travailler ! »

Le mari répondit :

« Holà ! ma femme, ne tombe pas dans la mélancolie, par Dieu ! Sois sûre que je sais qui tu es, ce matin encore j'ai pu m'en rendre compte. Il est bien vrai que je suis allé travailler, mais l'on voit que tu ne sais pas, tout comme je ne le savais pas moi-même, que c'est aujourd'hui la fête de saint Galion, et qu'on ne travaille pas ; c'est pourquoi je suis revenu à la maison à cette heure-ci ; mais j'ai néanmoins pourvu au nécessaire et trouvé le moyen d'avoir du pain pour plus d'un mois, car j'ai vendu, à l'homme que tu vois ici avec moi, le cuvier qui, tu le sais, depuis longtemps déjà nous encombre la maison ; il m'en donne cinq lys. »

Péronnelle dit alors :

« Il ne manquait plus que cela à ma douleur ; toi qui es homme et qui te promènes, toi qui devrais être au courant des choses du monde ; tu as vendu cinq lys un cuvier ; et moi, pauvre femmelette, qui n'ai jamais mis le pied dehors, devant l'embarras qu'il nous cause au logis, je l'ai vendu sept lys à un bon homme qui, au moment où tu es revenu, venait d'entrer dedans pour voir s'il était solide. »

Quand le mari entendit cela, il fut plus que content et dit à celui qui était venu pour l'achat :

« Bon homme, Dieu t'accompagne ; comme tu l'entends, ma femme l'a vendu sept lys, là où tu ne m'en offrais que cinq. »

« Soit, à la bonne heure ! » dit le bon homme, et il s'en fut.

Et Péronnelle lança à son mari :

« Viens-t'en là-haut toi, puisque tu es ici, et tâche de nous régler cette affaire avec lui. »

Jeannel, qui tendait l'oreille pour voir s'il avait quelque chose à craindre et quelle parade il lui fallait trouver, aux paroles de Péronnelle se jeta vite hors du cuvier ; et, tout comme s'il n'avait pas entendu le retour du mari, il se mit à dire :

« Où es-tu, bonne dame ? »

Et le mari, qui survenait déjà, lui dit :

« Me voici, que veux-tu ? »

« Qui es-tu, toi ? dit Jeannel, moi, je voudrais la dame avec qui j'ai fait le marché de ce cuvier. »

« Traitez en confiance avec moi, dit le bon homme, car je suis son mari. »

Jeannel dit alors :

« Le cuvier me semble bien solide, mais il me semble aussi que vous y avez conservé de la lie, car il est tout crotté de je ne sais quoi de si sec que je ne puis l'ôter avec les ongles, aussi je ne le prendrai point que je ne le voie d'abord nettoyé. »

Péronnelle dit alors :

« Mais non, il ne faut pas casser le marché pour cela ; mon mari le nettoiera entièrement. »

« Bien sûr », dit le mari, qui, après avoir déposé ses outils et s'être mis en bras de chemise, se fit allumer une chandelle et donner un racloir ; puis qui entra dedans et se mit à racler. Et Péronnelle, comme pour voir ce qu'il faisait, passant la tête par la gueule du cuvier, qui n'était pas très grande, ainsi qu'un bras jusqu'à l'épaule, se mit à dire :

« Racle par ici, et par ici, et par là encore », et « Regarde ici, il en est resté un tout petit peu ».

Et cependant qu'elle se tenait ainsi, prodiguant au mari instructions et rappels, Jeannel, qui n'avait pas encore ce matin-là pleinement assouvi son désir lorsque était survenu le mari, voyant qu'il ne pouvait le faire comme il voulait, s'évertua à l'assouvir comme il pourrait ; et, s'étant approché d'elle, qui bien close tenait la gueule du cuvier, de la même façon que dans les vastes plaines les chevaux effrénés tout échauffés d'amour saillissent les cavales de

Parthie, il satisfit son juvénile désir : lequel atteignit à sa perfection à peu près dans l'instant que s'acheva le raclage du cuvier ; et Jeannel de se détacher, et Péronnelle de retirer sa tête du cuvier, enfin le mari d'en sortir.

Sur ce, Péronnelle dit à Jeannel :

« Tiens, prends cette lumière, bon homme, et vois s'il est nettoyé à ton goût. »

Jeannel regarda dedans, et répondit que ça allait et qu'il était content ; il lui donna donc les sept lys, et le fit porter jusqu'à son logis.

CASANOVA

Histoire de ma vie

Le marquis, également que Donna Lucrezia, croyaient que ma conduite était la bonne d'un homme discret, mais tenant pour certain que la jeune Anastasia couchait avec moi, ils en étaient charmés. Je passais cependant toute la journée avec le marquis, dont, à ce qu'il prétendait, je faisais le bonheur. Cela ne me coûtait aucune peine, car j'aimais sa morale et ses lumières. Au troisième souper avec Anastasia, j'ai paru ardent plus que d'ordinaire, et elle fut étonnée lorsque dans ma chambre elle me trouva refroidi ; elle me dit qu'elle aimait de me voir devenu calme. Je lui ai dit que cela dérivait de ce que me trouvant tête à tête avec elle je songeais qu'elle se croyait en danger.

— Point du tout. Je vous crois sage, et beaucoup plus que vous ne l'étiez il y a neuf ans.

— Quelles folies ai-je donc faites ?

— Point de folies, mais vous n'avez pas trop respecté mon enfance.

— Je vous ai fait des petites caresses sans conséquence dont je suis fâché, puisqu'elles sont la cause que vous croyez devoir aujourd'hui vous tenir sur vos gardes et vous enfermer dans votre chambre.

— Ce n'est pas parce que je me méfie, mais par les raisons que je vous ai dites et que vous avez approuvées. Je pourrais dire aussi que c'est une espèce de méfiance qui vous empêche d'aller vous coucher tant que je suis ici.

— Grand Dieu ! Vous me croyez bien fat. Je vais d'abord me coucher. Mais vous ne partirez qu'après être venue m'embrasser.

— Volontiers.

Je me suis donc mis au lit ; et Anastasia vint passer près de moi une demi-heure, où j'ai eu la plus grande peine à m'abstenir de tout ; mais j'ai dû en agir ainsi, parce que j'eus peur qu'elle rende compte de tout à la marquise. Anastasia, en me quittant, m'embrassa avec tant de douceur, que j'ai cessé d'être mon maître. Sa propre main conduite par la mienne l'a convaincue que je l'aimais, et elle s'est en allée, je ne sais pas, si édifiée ou fâchée de ma retenue.

Fort curieux le lendemain de savoir comment elle avait raconté le fait à la marquise, je ne fus pas fâché d'apprendre qu'elle lui avait caché l'attouchement. Je fus alors certain qu'elle me laisserait la porte ouverte, et j'ai promis à ma chère Leonilde d'aller passer deux heures avec elle. Lorsque Anastasia après souper s'entretint avec moi, je l'ai défiée à avoir en moi la même confiance que j'avais eue en elle, et elle me dit qu'elle n'avait aucune difficulté, sous condition que je soufflerais ma bougie, et que je n'allongerais jamais ma main sur elle. Je le lui ai promis, et j'étais sûr de lui tenir parole, car je ne devais pas m'exposer à faire mauvaise figure avec ma chère marquise. J'ai éteint ma bougie d'abord qu'elle fut sortie, et je l'ai vue se déshabiller, se mettre à genoux en chemise pour faire sa prière, puis se mettre au lit et éteindre la bougie.

Je me suis alors déshabillé à la hâte, et pieds nus je suis allé m'asseoir près d'elle, où elle s'empara d'abord de mes deux mains. Je n'ai employé aucune force pour les retirer, ce qu'elle attribua à excès d'amour et d'égards à la parole que je lui avais donnée. La seule partie de nous qui se donna la permission d'agir fut notre bouche, qui donna et reçut dans une demi-heure une quantité de baisers muets de peur que la camarade ne les entende. Par cette même raison nous ne nous dîmes jamais le mot. Cette demi-heure me fut fort longue et ennuyeuse d'une espèce qu'il est difficile de se figurer. J'ai dû croire qu'elle fût amusante pour Anastasia, car elle se reconnut pour maîtresse de me faire faire tout ce qu'il lui plaisait. Quand je l'ai quittée, je suis allé dans ma chambre ; mais d'abord que je l'ai crue endormie, j'ai traversé la sienne, et je suis entré dans celle de Leonilde, qui m'attendait, mais qui ne s'est aperçue que j'y étais entré que lorsqu'elle se sentit embrasser. Après lui avoir donné les plus vives marques de ma tendresse, je lui ai dit sans lui rien cacher tout ce que j'avais fait pour persuader Anastasia à me laisser la porte ouverte, et tout ce que j'avais fait une demi-heure près d'elle sur son lit. Après avoir passé deux heures délicieuses avec ma chère Leonilde, je l'ai quittée, certain qu'elles ne seraient pas les dernières. Je suis rentré dans ma chambre sans que le moindre bruit ait pu découvrir le mystère. J'ai dormi jusqu'à midi. Le marquis et Donna Lucrezia m'en firent la guerre à dîner, et à souper ils la firent à Anastasia qui joua fort bien son personnage. Elle me dit lorsque nous fûmes tête à tête qu'elle ne fermerait plus sa porte, mais que c'était inutile que j'allasse près d'elle dans sa chambre et même dangereux, et qu'il valait donc mieux que nous causassions à la lumière de la bougie dans la mienne ; mais pour la rendre sûre qu'elle ne me gênait pas, je devais me coucher. Je devais y consentir. J'espérais qu'il n'arriverait rien qui pût m'empêcher d'aller passer encore deux heures avec la marquise après qu'Anastasia en aurait passé une avec moi dans la contrainte ; mais j'ai mal calculé, et ce fut par ma faute.

Étant couché, et Anastasia étant entre mes bras, sa bouche coulée sur la mienne, je lui ai dit qu'elle n'aurait pas assez de confiance en moi pour oser se déshabiller et entrer dans mon lit ; et à ce défi, elle me demanda si je lui promettais d'être sage. Lui dire que non, c'eût été la réponse d'un sot. J'ai pris mon parti, et lui disant que oui, je me suis disposé à rendre heureuse cette jolie fille qui avait assez combattu contre elle-même la nuit précédente. Elle ôta sa robe, elle laissa tomber ses jupes, et elle vint entre mes bras, rendue, bien éloignée de me sommer de ma parole. L'appétit, dit-on, vient en mangeant. Son ardeur me fit devenir amoureux, elle devint effrénée, elle m'étala toutes ses beautés, et je n'ai cessé de lui rendre justice que lorsque le sommeil s'est emparé de mes sens. Elle dut alors me quitter. En me réveillant, trouvant ce contretemps très singulier, et fait pour interrompre par force mon commerce avec la marquise, je riais en me voyant en devoir de lui dire tout. Je me voyais devenu la proie d'Anastasia malgré moi-même, car outre que ç'aurait été une vilenie que celle de la renvoyer après un divertissement d'une demi-heure, elle aurait fermé la porte ; et quand même elle ne l'aurait pas fermée, qu'aurais-je fait avec Leonilde après qu'Anastasia m'aurait épuisé ?

Quand j'ai dit à Leonilde toute l'histoire de ce fait, elle dut en rire, et elle vit tout comme moi que je ne pouvais avoir plus rien pour elle. Nous dûmes prendre notre parti. Dans les autres cinq à six jours que je suis resté là je n'ai plus eu Leonilde que deux ou trois fois dans un cabinet du jardin, et à la hâte. J'ai dû recevoir toutes les nuits Anastasia dans mon lit, et finir par lui paraître un traître lorsque je me suis opposé à la proposition qu'elle me fit de venir avec moi à Rome, où elle me disait qu'elle avait un oncle fort riche qui aurait soin d'elle d'abord que je ne l'aimerais plus. Elle trouvait qu'en l'aimant je ne pouvais pas rejeter sa proposition ; et elle avait raison ; mais je ne l'aimais pas assez pour la faire ma maîtresse, toute ma fortune ne consistant qu'en mille sequins.

Érotologie arabe
ou manuel des plaisirs

Les Mille et Une Nuits

La jeune fille, coupe en main, boit à la santé de ses sœurs. Toutes trois, le portefaix au milieu d'elles, ne cessent ensuite de danser, de chanter des poèmes. Le portefaix, lui, n'arrête pas de les enlacer et embrasser, toujours au milieu d'elles, tandis que celle-ci lui parle, celle-là l'attire à elle et l'autre le bat à grands coups de fleurs : il n'en aurait pas été autrement dans le paradis, au milieu des houris. Tant et si bien que le vin finit par se jouer de leur raison et se rend maître d'eux. La portière se lève, ôte ses vêtements et, toute nue, se dissimulant à peine sous sa chevelure qu'elle étale sur elle, se jette dans le bassin, s'amuse avec l'eau, en prend dans sa bouche pour arroser le portefaix, se lave bras et jambes, et l'entrecuisse, sort enfin et se précipite sur les genoux du portefaix.

— Mon chéri, comment appelles-tu ça ? dit-elle en montrant son sexe.

— Ta matrice !

Et elle :

— Oh, oh ! Quelle honte !

Elle l'attrape par la nuque, se met à le frapper.

— Ta fente ! s'écrie-t-il.

— Non ! Autrement !

— Ton con !

— Autrement !

— Ta guêpe !

Elle le bat si fort qu'il en a le cou et la nuque défaits.

— Comment dire, alors ?

— C'est le basilic du brave.

Et le portefaix :

— Que Dieu soit loué et te garde, ô basilic du brave !

On fait circuler coupes et verres. La seconde jeune fille se lève, ôte ses vêtements, se jette dans le bassin où elle fait comme la précédente, remonte et se précipite sur les genoux du portefaix.

— Lumière de mes yeux, dit-elle, comment appelles-tu ceci ?

Et de montrer son sexe.

— Ta fente !

Mais elle :

— Que c'est vilain à toi de parler ainsi !

Elle le frappe de la main, si fort que tout ce qui est dans la salle en résonne.

— Ton vagin !

— Non !

Et de lui appliquer un nouveau coup.

— Le basilic du brave ! crie le portefaix.

— Non !

Et elle le bat, le frappe à la nuque.

— Et comment dire, alors ?

— C'est, répondit-elle, le pur grain de sésame.

S'étant rhabillée, elle reprend sa place, et la soirée se poursuit, ponctuée par les gémissements du portefaix qui se plaint des mauvais coups qu'il a reçus sur la nuque et les épaules.

On fait circuler coupes et verres encore un moment, puis, voyant la troisième fille se lever, le portefaix met sa main sur sa nuque et dit :

— Ma nuque et mes épaules vont être sacrifiées pour l'amour de Dieu.

La jeune fille se dépouille de ses vêtements, descend dans le bassin et agit comme les autres. Le portefaix peut la contempler tout à loisir : sa taille, ses seins, cette lourde croupe qui se balance, et elle, toute nue, comme au jour de sa naissance, semblable par sa blancheur à quelque morceau de la lune. Poussant des soupirs, il lui adresse ces vers :

En comparant ta taille au frêle rameau,
j'ai commis une faute, un péché.
Car, pour être beau, le rameau ne doit-il pas être couvert ?
Alors que, toi, c'est dénudée que tu es la plus belle.

En attendant ces vers, la jeune fille sort du bassin et vient s'asseoir sur les genoux du portefaix. Montrant son sexe, elle en demande le nom. Il donne les réponses apprises, mais finit par se rendre, tandis qu'elle le bat.

— C'est le caravansérail d'Abû Mansûr, dit-elle.

— Que Dieu soit loué et te garde, ô caravansérail d'Abû Mansûr !

S'étant rhabillée, elle reprend sa place, et tous de poursuivre leur soirée.

Un moment après, le portefaix se lève, ôte ses

habits, gagne le bassin, et l'on voit son sexe flotter dans l'eau. Il se lave, comme elles, remonte et se jette sur les genoux de la maîtresse du logis, ses bras autour de la taille de la portière et ses jambes sur les genoux de la troisième.

— Comment appelle-t-on ça, madame ? dit-il en montrant son membre.

Et tous de rire, si fort qu'ils en tombent à la renverse

— Mais c'est ton zob !

— Que non pas !

Et il se met à les mordiller toutes trois.

— Ta bite !

— Non !

Et de les serrer contre lui.

Et l'aube chassant la nuit, Shahrâzâd dut interrompre son récit.

Lorsque ce fut la dixième nuit, sa sœur Dunyâzâd la pria d'achever son récit.

— C'est un plaisir et un honneur, répondit Shahrâzâd.

On raconte encore, Sire, ô roi bienheureux, que les trois jeunes filles répétaient « zob » et « bite », tandis que le portefaix les mordillait, embrassait, étreignait. En riant, elles dirent enfin :

— Et quel est donc ce nom ?

— C'est, répondit-il, le mulet valeureux, qui paît le basilic du brave, se prend au pur sésame et passe la nuit au caravansérail d'Abû Mansûr.

Elles rirent tant qu'elles en tombèrent à la renverse. Puis on se remit à faire la fête, sans trêve, jusqu'à la nuit.

MOUHAMMAD AL-NÂFZÂWI

La Prairie parfumée où s'ébattent les plaisirs

Apprends, ô vizir – que Dieu te prenne en sa miséricorde – qu'avant de conjoindre, lorsque tu en sentiras le désir, tu t'oindras de parfums, et ta partenaire aussi, puis vous badinerez tous les deux de toutes les façons possibles, celles capables de susciter des sensations agréables, comme les baisers, les morsures, la succion, l'humectage, l'embrassement, la pression, afin que la femme se sente portée naturellement et avec agrément à la conjonction. Puis, après l'avoir serrée sur ta poitrine, tu l'étendras sur le sol, l'embrassant sur la bouche. Tu feras varier à ce moment les jeux d'amour, chevauchant sur ses cuisses, sur les sommets de ses fesses, baisant sa touffe, secouant le sommet de ton instrument entre les deux lèvres de sa partie chaude, montant sur sa poitrine, palpant ses deux seins, embrassant la bordure inférieure du menton et la pente qui descend jusqu'à la gorge, appliquant tes mains sur ses hanches et ses flancs. Tu multiplieras ces procédés plaisants jusqu'à ce qu'elle devienne malléable entre tes mains.

Quand tu la verras dans cet état, tu planteras ton instrument en elle avec force jusqu'à ce que sa touffe et la tienne se rencontrent. Tu le frotteras contre les parois internes d'une façon parfaite. Cela fait, vos deux plaisirs arriveront à point en même temps. Au cours de l'opération, tu n'oublieras pas le trémoussement, la manipulation, les tapes, les coups de bélier, les échanges entre vous de paroles douces, de ronflements, de ronronnements, de râles, de cris tels que « Donne » et « Prends », de succion des lèvres, de baisers sur les sommets des joues. Si vous n'agissez pas ainsi, la femme n'aura pas ce qu'elle désire, n'atteindra pas son but, n'obtiendra pas son plaisir, et l'homme laissera chez elle une impression désagréable.

Quand tu auras obtenu la satisfaction de ton besoin, tu presseras l'instrument entre ses cuisses, à l'intérieur de l'appareil, et tu l'inviteras à les réunir sur lui afin de serrer de toutes ses forces. Il sortira alors par un conduit étroit, et sa tête fera entendre une sorte de glouglou dans la partie chaude féminine, bruit que vous aurez plaisir à entendre tous les deux.

Tu descendras de sa poitrine du côté droit, par rapport à elle : si la femme conçoit cette nuit-là, l'embryon sera un garçon – avec la permission de Dieu. C'est en tout cas ce que les hommes versés dans la science religieuse ont mentionné – que Dieu les prenne en bon agrément. D'autres ont dit que celui qui conjoint sa femme et la rend enceinte, s'il veut qu'il mette au monde un garçon, qu'il pose sa main sur le ventre de son épouse et dise : « Au nom de Dieu, le Clément, le Maître de miséricorde ! » ; qu'il bénisse l'Envoyé de Dieu – que le salut et la bénédiction de Dieu soient sur lui – puis prononce les paroles suivantes : « Ô Dieu, notre Dieu, crée cet enfant sous une forme mâle et je lui donnerai le nom de ton Prophète – que le salut et la bénédiction de Dieu soient sur lui. » Son intention sera exaucée et le Dieu Très-Haut, s'Il le veut, créera cet enfant sous la forme mâle, mettant en œuvre sa miséricorde et sa bénédiction.

Quand tu auras fini de conjoindre, ne bois pas de l'eau jusqu'à satiété, car cela relâche le cœur. Si tu veux recommencer l'opération, faites vos ablutions tous les deux auparavant, c'est un principe excellent. Ne laisse pas la femme se mettre sur toi, car je crains que son eau ne te soit nuisible pour peu qu'elle entre dans ton canal urinaire : cette recommandation est faite par les médecins. Cette position, à savoir la montée de la femme et son chevauchement sur l'instrument dressé, est considérée par les amantes comme une faveur qui étanche leur soif de plaisir : elles éprouvent beaucoup de joie à s'élever et à redescendre ainsi. Prends garde à ce que leur eau ne sourde sur toi en cette position.

Évite aussi de faire beaucoup de mouvements après la conjonction : on dit que cela est détestable. On aimera, par contre, rester dans la quiétude durant une heure. Quand le sexe sort de l'huis, ne le lave pas avant qu'il ne se calme un peu. Dès qu'il sera bien reposé, lave son œil doucement, mais pas à grande eau. En le sortant à la fin de la conjonction, quand tu te sépares de la femme, ne le frotte pas en faisant sa toilette, car cela occasionne une rougeur de la peau qui reste en permanence.

L'opération elle-même de la conjonction se fait de beaucoup de manières, avec des jeux d'amour à foison. On ne peut les recenser d'une façon complète. Tout cela – que Dieu en soit loué ! – est licite avec l'épouse et il n'y a pas de mal à le faire, excepté ce qui ne correspond pas volontairement à la nature même de l'instrument, en ne permettant pas la fécondation. Si tu veux, tu peux conjoindre ta femme en faisant face à tous les côtés de son corps : à son dos, à son ventre, à l'un ou l'autre de ses flancs. Elle sera debout, assise sur son fondement, dans la position de l'agenouillement ou de la prosternation... ou dans toute autre position où il t'apparaîtra convenable ou possible de loger ton instrument à l'intérieur de son huis, d'y prendre plaisir et d'y prolonger ta jouissance.

Si tu veux, tu lui demanderas de s'étendre sur le dos et de placer ses deux jambes sur tes deux épaules. Ou bien de se mettre la face contre terre : dans ce cas, après avoir fiché ton instrument dans sa partie chaude, tu monteras et descendras sur ses fesses, opération considérée comme des plus savoureuses, et qui accélère la venue de l'eau. Si tu veux lui sensibiliser les cuisses, sans faire entrer ton instrument dans son huis, monte sur ses deux fesses après avoir placé l'un sur l'autre ses pieds et serré ses cuisses sur l'instrument. Celui-ci sera ainsi en mesure de se frotter contre l'espace situé entre les deux lèvres de l'huis et ce frottement sur la porte de la partie chaude t'épargnera la nécessité de la pénétration. Toute méthode, toute variation emploiera en outre : la montée et la descente, le frottement, le pilonnage, le polissage, l'ébranlement, le ronflement, le ronronnement, l'embrassement, la pression, la succion, le mouillage dans l'huis, l'escalade des fesses, la palpation des seins, le baisement de la touffe.

Conjoins-la comme tu voudras dans tous les plis de son corps, comme tu voudras dans n'importe quel endroit de celui-ci, excepté dans l'arrière du fondement. Toute opération en ce domaine, tu l'accompagneras de badinage, de tapotements sur la terrasse de l'huis et sur le haut des fesses. Tout ce que tu aimeras faire avec ton épouse, tu le réaliseras. Si tu ne peux t'établir solidement dans l'huis, place un coussin sous les deux cuisses de ta partenaire, et frappe jusqu'à ce que te réponde le toit de l'appareil.

Parmi les façons de conjoindre les plus appréciées et les mieux au point, on trouve celles-ci :

1. Tu te glisseras entre ses cuisses et tu ficheras l'instrument dans l'huis jusqu'à ce que se rejoignent les deux touffes. Alors tu donneras des tapes, tu descendras, tu l'agiteras dans son ventre à droite et à gauche jusqu'à ce que votre plaisir à tous deux arrive en même temps.

2. Tu pourras aussi agir de même dans la partie chaude de ta partenaire allongée, la face contre terre : on appelle cela « le séjour agréable sur le sommet des fesses ». Et pour toi, ce sera vraiment un moment de bien-être.

3. Une autre position : tu étendras la femme sur le sol, la face vers toi, tu l'introduiras entre ses cuisses, tu placeras sa jambe droite sur ton épaule, et sa jambe gauche sous ton aisselle ; cela fait, tu ficheras ton instrument en elle.

4. Une autre position encore : tu lèveras ses deux pieds que tu placeras sur tes deux épaules, après

avoir mis un coussin sous ses deux fesses ; tu le ficheras en elle, en obtenant une grande satisfaction, le coup étant appliqué sur l'endroit qu'il faut, la partie compatissante se trouvant prête à recevoir le jet viril.

5. Une autre position encore : tu étendras la femme sur le dos et tu mettras l'une de ses jambes sur ton épaule ; l'autre jambe sera libre de retomber à sa guise sur le sol. Tu ficheras alors ton instrument dans sa partie chaude.

6. Autre position : tu étendras la femme sur le dos et lui enjoindras de saisir avec les doigts des deux mains les orteils de son pied droit (en cas de difficulté, avec les doigts de sa main droite seulement) ; cela fait, tu fourreras ton instrument.

7. Autre position : ta partenaire saisira les orteils de son pied droit et les élèvera à la hauteur de ses oreilles ; son huis sera ainsi en saillie. Tu entreras alors entre ses cuisses, tu t'accroupiras sur la pointe de tes pieds, dégageras ton instrument et le ficheras en elle. Cette dernière méthode est conseillée à celui qui possède un petit instrument ; elle lui permettra d'entrer dans le ventre de la femme et d'y disparaître entièrement. Cette position lui convient d'une manière parfaite. Mais si l'homme qui a un instrument complet de grandes dimensions agit ainsi, la femme en sera incommodée.

8. Autre position encore : la femme pliera ses jambes sur sa poitrine, après avoir mis sous ses cuisses un coussin, afin que sa partie saille à l'extérieur ; celle-ci devra rester bien dégagée entre le haut des cuisses, de manière à faciliter le frottement de l'instrument et de la touffe de l'homme

contre les deux lèvres de l'huis. Elle en retirera des sensations agréables et recevra plus facilement ainsi les tapes de son partenaire.

9. Autre position : la femme s'étendra sur le dos, laissera retomber ses pieds sur le sol en les mettant l'un sur l'autre, prendra l'instrument viril, le frottera sur les lèvres de son huis, et l'y enfoncera ; l'entrée et la sortie se feront alors par un conduit étroit et l'instrument laissera entendre un bruit, comme une sorte de glouglou.

10. Une autre position : si tu le plantes en elle, alors qu'elle est presque agenouillée, appuie-toi, dans un mouvement ascendant, sur sa taille, et ordonne-lui de se soulever et de s'abaisser, bref, de se trémousser d'une manière parfaite, en se penchant à droite, en se penchant à gauche.

11. Une autre position encore : étends-toi sur le dos, les pieds au sol, dresse ton instrument ; la femme s'assoit sur tes cuisses et descend sur lui en laissant ses pieds à terre ; les touffes frottent l'une contre l'autre et le membre viril se loge à l'intérieur de son ventre.

12. Encore une autre position : la femme se tient debout, et place un coussin entre elle et le mur ; elle prend l'instrument dans la main, le frotte entre les deux lèvres de l'huis, et le fiche dans cet huis en s'avançant à ta rencontre.

13. Une autre position : elle met ses paumes à plat sur le sol, ses pieds restant posés normalement ; son huis sera en l'air et tu y enfonceras ton instrument.

14. Une autre position : la femme s'étend sur le bord du lit, laissant tomber ses pieds à terre ; et tu fourres l'instrument dans son huis béant.

15. Et une autre position encore : la femme s'appuie sur les montants du lit ou sur toute autre chose du même genre, afin que son huis reste comme suspendu en l'air ; l'homme se glissera entre les cuisses de sa partenaire, puis s'accrochera à ses épaules ; la femme placera l'un de ses pieds sur l'homme en s'arc-boutant, pendant que l'instrument de celui-ci sera fiché dans son ventre ; elle le saisira par le cou et fera glisser son pied jusqu'au sol, l'homme accomplissant sa tâche en restant debout.

Il existe beaucoup d'autres positions, mais il me faut abréger. Quel que soit le chemin que tu prennes pour arriver à la jouissance et au plaisir par le pilonnage, le tapotage sur l'huis, la rencontre des deux touffes et tous les moyens employés pour approvisionner la sensation, les joies les plus savoureuses se trouvent réunies dans l'opération de la conjonction, de l'enfournement. Tout cela, bien sûr, après le badinage, les baisers sur le sommet des deux joues et sur le reste du visage, la succion de la bouche, la palpation des seins, l'embrassement de la poitrine, du cou, de la bouche, la pression légère, le chevauchement de la croupe, des ravissantes cuisses, la pâture menée partout sur ce beau corps tendre et bien nourri, les baisers déposés sur la terrasse d'un kouss gras et lisse, les coups de dents qui lui sont portés, le polissage de la partie supérieure des fesses, le grattage de la tête de l'instrument sur les deux lèvres de la partie chaude, les paroles savoureuses qui excitent, tel ce cri de la femme : « Prends ma partie chaude, elle fait partie de tes meubles ! », et la réponse de l'homme : « Prends l'instrument, car c'est ton bouchon », ou cette injonction de la femme : « Frappe avec ton instrument ce kouss qui t'appartient, plonge-le jusqu'au fond de mon réduit et n'oublie pas de fureter dans tous les coins », enfin le ronflement, le ronronnement, le râle, le bruissement des deux touffes...

Si l'on ajoutait encore à la liste de ces indications, on dépasserait les limites de la pudeur. Que Dieu nous conserve ce qu'Il nous a accordé de plaisirs en ce monde et dans l'autre, qu'Il nous pardonne les fautes que nous aurions commises, les pas malencontreux que nous aurions faits dans le domaine des choses illicites, les regards que nous aurions jetés sur ce qui nous est défendu chez les femmes coquettes, chez les filles et les femmes excellentes. Qu'Il mette à la place de tout cela ce qui est licite et bon parmi ce qu'Il a préparé pour nous d'huis appartenant aux femmes douces et tendres. Sur ce, je demande pardon à Dieu de tout ce que j'ai dit de blâmable, car Il est le plus enclin à pardonner à qui Il veut les actes les plus méchants.

ALI AL-BAGHDADI

Les Fleurs éclatantes dans les baisers et l'accolement

Elle lança un cri à l'intention du jeune homme Branche-de-Thym. Celui-ci passa sous les rideaux. La Dame le rejoignit, ivre de joie, noyée dans son amour passionné, éblouie. Il la renversa sur-le-champ. Elle fit glisser de suite ses pantalons bouffants et lui présenta son corps et ses jambes. Puis elle s'accrocha à son cou et laissa couler sur lui un flot de paroles tendres en turc, en quantité suffisante pour attirer son esprit et paralyser son intelligence. Puis elle se mit en état de le recevoir et découvrit sa partie chaude. Ô le beau kouss [pubis] couvert d'un dôme ! Il était d'un blanc de camphre, sec, étroit, serré, muni de larges épaules. Branche-de-Thym se jeta sur lui avec intrépidité. Il fit lever à son intention cet instrument, objet d'une crainte révérencielle, pour lequel la Dame avait subi cette souffrance. Il la renversa de nouveau, l'escalada, se saisit de ses jambes et les remonta vers le haut, jusque derrière les oreilles. Ensuite il sollicita son instrument, l'étrangla, l'humecta, le frotta, le fourbit, lui mit du collyre, le maçonna, l'approfondit, puis le couvrit, le frappa, le sertit de pierres précieuses, le colla, le dégaina et lui prodigua des tapes. Pendant ces préparatifs, la jeune femme s'apercevait qu'elle était tombée sur un trésor caché, un instrument prodigue de ses richesses, qui possédait une sève pouvant peser dans les cent livres environ. [...] Elle prenait des attitudes excitantes, se soulevait en soupirant puis s'abaissait en donnant libre cours au charme enfoui au plus profond d'elle-même. Branche-de-Thym frappait de sa lance, maintenant que la soif de son amante a été étanchée, et arrivait avec son instrument jusqu'à la matrice.

Les grands textes érotiques asiatiques
Le sexe sacralisé

VÂTSYÂYANA

Kâma Sûtra

Le Bréviaire de l'Amour
Traité d'érotisme de Vâtsyâyana

Que soient loués les trois buts de la vie, la Vertu (*Dharma*), la Prospérité (*Artha*) et l'Amour (*Kâma*), qui fait l'objet de cet ouvrage !

Je salue aussi les anciens sages qui ont exposé les conceptions de leur temps concernant notre sujet. [...] [Parmi eux], Nandi, le compagnon de Shiva, mit à part les mille chapitres concernant la sexualité créant le *Kâma Shâstra.* [...] Divisée par différents auteurs en ouvrages séparés, cette science avait presque disparu. [...] C'est pourquoi Vâtsyâyana les résuma et, remplissant quelques lacunes, composa le *Kâma Sûtra.* Sa première partie traite des généralités et présente le contenu [...] des sept parties de cet ouvrage. Elle traite de [...] la réalisation des trois buts de la vie, des conseils de bon sens, des mœurs citadines [...].

La deuxième partie – « Approches amoureuses » – [...] traite de seize sujets : possibilités du moment et des sentiments ; différentes manifestations de l'amour ; enlacements, caresses et baisers ; l'art de griffer et de mordre ; les comportements dans différents pays ; les modes de copulation et goûts particuliers ; des coups et des soupirs qui les accompagnent ; les femmes viriles, la sodomisation des garçons et le coït buccal ; les comportements avant et après l'acte et les variantes de l'acte sexuel ; les querelles d'amoureux.

La troisième partie – « Le choix d'une épouse » – [...] traite de neuf sujets : questions de choix ; décision de s'unir ; inspirer confiance à la fille et premières approches ; interpréter son comportement ; l'épouse unique d'un homme ; susciter le désir de la fille et la décider à l'union ; mariage.

La quatrième partie – « Devoirs et privilèges de l'épouse » – [...] traite de huit sujets : l'épouse ne doit aimer que son mari ; habiter dans son lieu de résidence, respecter l'épouse principale ; comportement envers les femmes plus jeunes : accepter l'arrivée d'une nouvelle épouse ; comportement de la femme répudiée ; devoir final ; comportement de l'homme envers de nombreuses épouses.

La cinquième partie – « Rapports avec les femmes des autres » – [...] traite de dix sujets : établissement d'une inclination mutuelle entre la femme et l'homme ; les obstacles ; les hommes qui plaisent aux femmes ; les femmes qui savent se libérer ; les occasions de se connaître et les rencontres ; examen des sentiments ; rôle des entremetteurs ; l'amant riche, les gardes de l'entrée du harem.

La sixième partie – « Des courtisanes » – [...] traite de douze sujets : réflexions sur le client éventuel ; raisons en faveur d'un rapport sexuel ; moyens de séduction ; se comporter comme un amant ; moyens d'arriver à ses fins ; signes de détachement et comment récupérer celui qui se détache ; manières de se défaire d'un amant ; reprise d'une ancienne liaison ; profits particuliers ; réflexions sur les avantages et désavantages d'une relation ; différentes sortes de courtisanes.

La septième partie concernant les moyens occultes [...] traite de six sujets : les moyens de rendre attrayant ; comment envoûter, augmenter le pouvoir sexuel et multiplier les coïts, développer l'organe sexuel et raviver les défaillances ; les copulations bizarres.

[...]

Il frappe dans le dos avec le poing la fille assise sur ses genoux, prête à l'amour. Prétendant qu'elle ne peut le supporter, la fille lui rend la pareille avec un « han », une longue expiration et des larmes. Lorsque l'instrument la pénètre, couchée sur le dos, il faut frapper l'espace entre les seins avec le tranchant de la main. Commencer doucement et, lorsqu'elle y prend goût, frapper de plus en plus fort puis, à la fin, dans d'autres endroits. Il faut juger d'après les soupirs de la fille si les coups portés sont insuffisants et si le moment d'y aller sans restrictions est arrivé. [...] Après avoir joui, elle soupire et pleure.

Le Livre de Centhini

Jayengwesti et Jayengraga avaient quitté l'ermitage de Wanamarta sans prendre congé de leur sœur. Ils étaient accompagnés de Kulawirya, leur oncle, et de Nuripin, le berger qui avait indiqué à Amongraga le chemin jusqu'à sa bien-aimée. Ils pénétrèrent dans une forêt hantée par la grande horde des incubes et succubes que seul Jayengwesti, le sage, reconnut comme leurs propres démons.

L'euphorie d'un gamelan dans le lointain les attira jusqu'au village de Pulung, dans la demeure de la veuve Sembada. C'était là une femme riche, sans enfant, qui avait bien deux fois l'âge de Jayengraga, mais elle portait encore la taille étroite et la poitrine haute car elle aimait se faire à toute heure et en tout lieu culbuter par les hommes.

La veuve Sembada offrit aux nouveaux arrivants de gros piments rouges sur un lit de riz jaune et désigna le berger Nuripin pour servir le vin de palme à la ronde. Au douzième coup de gong, tous les convives burent cul sec en entonnant le poème des « Deux politesses ». Qui boit deux verres tient son prochain comme son frère.

La danseuse de charme entra en scène, les boissons furent présentées à nouveau avec équité, on chanta le poème des « Trois habits du serviteur ». Qui boit trois verres ne se soucie déjà plus de sa mise.

Le gamelan retentit, tous applaudirent, Nuripin fit circuler le vin de palme, au douzième coup de gong on clama le poème des « Quatre orangs-outans ivres de viande ». Qui boit quatre verres se dispute la nourriture avec son prochain comme un singe.

Le gamelan monta d'un ton pour couvrir les cris, personne ne refusait les boissons offertes, au douzième coup de gong tous trempèrent leurs lèvres dans le poème des « Cinq braves intrépides ». Qui boit cinq verres se sent si vaillant qu'il défie même la mort.

Le vin de palme coula une nouvelle fois à flots, au douzième coup de gong on récita le poème des « Six pensées bavardes ». Qui boit six verres voit son intelligence s'aiguiser en commérages.

Le gamelan joua un air si beau que les cœurs saignèrent, comme blessés par la lame de bambou qui sectionne le cordon ombilical. Les boissons circulèrent, au douzième coup de gong tous entonnèrent le poème des « Sept moineaux à livrée de pluie ».

Qui boit sept verres est comme l'oiseau trempé sur sa branche, qui, trop lourd pour voler, tue sa faim en piaillant à tort et à travers.

Le vin de palme fut à nouveau présenté à la ronde avec équité, au douzième coup de gong tous balbutièrent le poème des « Huit insultes ». Qui boit huit verres voit sa langue fourcher et brasser des mots orduriers.

Nuripin servit les boissons à la ronde, au douzième coup de gong tous vomirent le poème des « Neuf serpents indisposés ». Qui boit neuf verres est accablé comme le python qui vient d'avaler un éléphant.

Puis vint la dernière tournée envoyée sur le poème des « Dix géants morts ». Qui boit dix verres s'écroule à terre. Or, loin de s'écrouler, la veuve Sembada s'asseyait à la ronde sur les genoux des hommes. Quand elle en sentait un durcir entre ses cuisses, elle empoignait son membre, le tirait au-dehors dans la nuit et lui ordonnait de lui faire la chose cramponnée à un bananier.

Tandis qu'elle était encore empalée, elle entendit un homme non loin de là uriner dans un bruit de cascade. Elle se dit : « Pour pisser fort, c'est qu'il l'a grosse ! » Elle dégagea le pénis qui bavait dans sa fosse et s'approcha du pisseur dont les ténèbres masquaient la face.

Elle le palpa à l'endroit de son fruit, et comme elle lui trouva une consistance parfaite, ni trop vert ni trop mûr, elle l'entraîna dans sa chambre où veillait la jeune Ni Madu, sa bien-aimée, qui lui servait d'appât lorsque la lassitude ou le dégoût s'installait dans la copulation.

L'oncle Kurawirya était l'homme tombé dans ses filets, il se laissa dévêtir par les deux femmes et patouiller la queue qui gonfla de plaisir. La veuve Sembada s'en saisit et l'enfonça dans son chou, mais la queue aussitôt se dégonfla. La veuve pesta : « Refais-toi vite une vigueur dans le buisson de Ni Madu et que ça saute ! »

Kurawirya ne s'était pas retourné que déjà Ni Madu le chevauchait, elle lui suça le jambose et rapidement l'aspira, gros comme le poing, dans son oubliette qui s'emplit d'un bruit juteux. La veuve Sembada mouillait par tous les trous, elle s'approcha de Ni Madu, s'allongea sur le dos, ses cuisses serrées au plus près contre elle.

Le temps que Kurawirya s'étendît sur elle et déjà son membre mollissait comme la sangsue à l'approche du crapaud goulu. Il retourna dans l'oubliette de Ni Madu, puis repassa sur le corps de la veuve Sembada, en vain, et ainsi de suite sans jamais parvenir à la pénétrer. Finalement, vaincu par les acrobaties ardentes de Ni Madu, il lâcha sa semence en elle dans un râle qui fit pleurer la veuve Sembada de rage.

Kurawirya la consola en lui chatouillant l'aubergine : « Tu devrais essayer avec Nuripin, le berger, il a des testicules de bélier et une queue en rapport. » La veuve Sembada s'adressa à sa bien-aimée : « Ni Madu, ma chérie, va nous chercher cet étalon ! »

Nuripin se présenta à la porte de la chambre, la veuve Sembada l'attrapa, lui déchira son sarong et vit alors son pénis si souffreteux qu'il n'aurait pas bouché le trou de son nombril. Elle jeta Nuripin hors de la chambre non sans lui avoir offert un pagne neuf.

Ni Madu, quant à elle, avait rejoint la véranda où Jayengraga feignait de dormir sur une natte dans l'ombre d'une lampe soufflée. Elle entreprit de lui masser les pieds, les orteils de Jayengraga tripotèrent sa poitrine, son corsage s'ouvrit sur des seins gonflés, fermes et denses, Jayengraga promena son pied gauche sous le pagne de la jeune fille jusqu'à sa vulve chaude. Il plaça un coussin sous ses reins puis lui demanda de saisir son pénis à deux mains :

« Dis-moi, le mien est-il plus gros que celui de mon oncle Kurawirya ? »

Ni Madu rit et dit :

« Ce n'est pas comparable ! Le tien n'atteint pas sa moitié mais il répond mieux à mon caprice. D'ailleurs, s'il était plus gros, il me défoncerait le derrière ! »

À ces mots, l'organe flatté se gonfla d'orgueil, Ni Madu ne le lâchait plus, elle collait son front, ses joues contre son gland et murmurait :

« S'il te plaît, pénètre-moi, une seule fois ! »

Jayengraga répondit à son désir par des paroles obscènes :

« C'est d'accord, petite garce, mais avant, baise-le. »

Ni Madu le baisa, le suça, le suça, le baisa, elle le parcourut de sa langue du bas jusqu'au sommet, elle s'en amusa tant et si bien que Jayengraga frémit, il enfonça le gros orteil de son pied gauche dans le vagin de la jeune fille, son corps se convulsa, son pénis s'agita violemment dans la bouche de Ni Madu et soudain le sperme jaillit.

Il en sortit un jet énorme, très visqueux, qui macula le visage de la jeune fille, ses yeux, son nez, ses lèvres étaient enduits de la semence désormais épuisée. Jayengraga se redressa et rit :

« Ô, mais que t'arrive-t-il, te voilà trempée du plaisir de ta seule étreinte, tu es trop gourmande ! »

Ni Madu tenait toujours le pénis entre ses mains comme un pinceau empoissé, elle s'en barbouilla la face en prononçant des paroles hargneuses :

« Quel pingre ! On s'en saisit à peine que déjà il vomit tout un bouillon gluant qui vous souille les yeux sans même vous avoir défrisé la corolle ! »

Mais déjà l'aube approchait, Jayengraga roula prestement la natte et s'en alla vers la mosquée où Jayengwesti était demeuré toute la nuit en prière.

Jin Ping Mei
Fleur en fiole d'or

Combien de nations et de pays égarés
Par le vin et le sexe ; tant de héros perdus !
Autels ancestraux du dernier Shang renversés,
Par la faute de Daji ; hélas, disparu
L'État de Wu à cause de la belle Xishi !
Toi qui n'aimes que la jeunesse et les plaisirs,
Que sais-tu du malheur qui te guette sous les rires ?
Ximen courant après la beauté de Lotus-d'Or,
Perd le cerf de l'enclos pour chasser le daim au-dehors !

Donc, dit le récit, la mère Wang prit l'argent et, se tournant vers la jeune femme au moment de sortir, lui dit, tout sourire :

« Je m'en vais chercher une bouteille dans la rue. Puis-je vous demander, madame, de tenir compagnie un moment à monsieur ? Il reste du vin dans la cruche : si vous les avez vidées, il faut vous verser deux nouvelles coupes et boire avec monsieur ! Dans la rue à gauche de la sous-préfecture, il y en a du bon : j'y cours d'une traite en rapporter un flacon. Cela ne me prendra qu'un instant…

— Belle-maman, ce n'est pas la peine d'y aller.

J'ai trop bu, on n'en a plus besoin, répondit la jeune femme.

— *Aya !* Vous n'êtes plus étrangers l'un à l'autre : quelle affaire de boire une petite coupe pour lui tenir compagnie ! De quoi avez-vous peur ! »

La jeune femme avait déclaré avoir trop bu, mais elle restait assise sans bouger. La vieille tira la porte derrière elle et la retint avec la cordelette, enfermant le couple dans la chambre. Au lieu de se mettre en route, elle s'assit pour ravauder.

Quant à Ximen Qing, laissé dans la chambre, il promenait son regard sur la jeune femme, les volutes de ses chignons vaporeux à moitié défaits, sa tendre poitrine discrètement découverte et son minois poudré d'une blancheur empourprée. Il s'empara aussitôt du pichet pour verser du vin et l'inviter à boire. Un moment après, prétextant la chaleur, il enlevait son surtout doublé de fine soie verte.

« Puis-je vous prier de me le mettre sur le protège-lit ? »

La jeune femme le lui prit précipitamment des mains, le secoua et le posa soigneusement. Balayant délibérément la table de sa manche, Ximen Qing jeta une paire de baguettes à terre. Heureux hasard dicté par les lois du destin : les baguettes tombèrent juste aux pieds de Lotus-d'Or. Il se baissa aussitôt pour les ramasser, mais que vit-il tout près des baguettes ? La paire de mignons petits lotus de la jeune femme, effilés et révélés, de trois pouces à peine, exactement un demi-empan. Sans plus se soucier des baguettes, Ximen Qing laissa errer sa main sur le bout du chausson de brocart qu'il serra doucement. La jeune femme se mit à rire :

« De la tenue, monsieur ! Tu en as envie, j'y ai

pensé aussi ! Est-ce que tu veux vraiment me mettre le grappin dessus ? »

Se jetant à genoux Ximen Qing implora :

« Madame, exaucez mes vœux ! »

Elle le releva en le prenant dans ses bras :

« Je crains que la vieille ne nous surprenne.

— Ne t'inquiète pas, elle est au courant », assura Ximen Qing.

Sur-le-champ ils défont leurs ceintures, se débarrassent de leurs vêtements et se livrent aux joies de l'oreiller partagé.

Le cou tendrement enlacé, les canards mandarins jouent dans l'eau. La tête pressée l'un contre l'autre, le couple de faisans se faufile à travers les fleurs. Tout à leur joie les branches s'entrelacent tandis que se noue délicieusement le nœud des cœurs confondus. L'un presse ses lèvres vermeilles, l'autre penche son doux visage poudré. Les bas de soie fine haut levés sur ses épaules révèlent les courbes de deux lunes nouvelles… Les épingles d'or s'inclinent et tombent. Au bord de l'oreiller s'amassent de noires volutes vaporeuses. Entre d'éternels serments plus solennels que montagne, plus profonds qu'océan, ils se font mille caresses. Tandis que honte et modestie retiennent nuages et pluie, ils s'excitent de charmantes provocations de mille sortes. Le gazouillis du loriot ne quitte l'oreille, ni le chatouillis les lèvres ouvertes sur la langue qui darde sa pointe. Sa taille souple comme le saule est secouée par les lourdes pulsions de la passion printanière. Un léger halètement agite sa bouche comparable à la cerise. Son regard, qui semblait s'égarer dans les étoiles, sombre. Une fine sueur perle, jade odorant, sur son corps. Tandis que sa tendre poitrine ondule, les gouttes de rosée ruissellent jusqu'au cœur de la pivoine. Si harmonieuse qu'elle soit, l'union légitime du couple ne vaut le délice des amours volés.

IHARA SAIKAKU

Vie d'une amie de la volupté

La manière de coudre les vêtements de femme fut réglée, pour la première fois, à l'époque de l'impératrice Kôken, la quarante-sixième à régner dans la lignée des empereurs humains et les mœurs du Japon gagnèrent dès lors en beauté. D'une manière générale, pour confectionner les *kosode* ou autres vêtements de personnes distinguées, on commence par vérifier le nombre des aiguilles fichées sur le porte-aiguilles. On fait de même quand le travail est terminé. Le plus grand soin est apporté à ce travail, pour tous les détails. En particulier, on se purifie le corps et les femmes qui ont leur indisposition mensuelle ne doivent pas pénétrer dans la salle de couture. Un beau jour, je ne sais quand, comme j'étais habile de mes mains pour ce travail, je servis moi aussi comme couturière. Le cœur tranquille, j'avais une conduite régulière. Sans soucis, je cessai de penser à l'amour. J'avais plaisir à me trouver sous la fenêtre qui prenait jour du côté du sud ; je réjouissais mes yeux à la vue des « iris qui croissent sur les pierres ». En consommant l'achat, fait en commun, de thé Abe-cha et de gâteaux *manjû* de chez Tsuruya du quartier de Iidamachi, je passais mes journées dans une compagnie composée seulement de femmes. Exempte de tout blâme, mon âme n'était pas plus obscurcie de nuages que la lune éclairant les quartiers élevés d'Edo. Je croyais bien être en cet état de grâce que donne le sentiment de permanence, de bonheur, de l'affranchissement des passions et de pureté (vertus d'un Bouddha parvenu au Nirvâna). Mais il arriva que je fus chargée de tailler, pour le jeune homme fils du maître, un vêtement de dessous, à rayures, en soie apprêtée. Quel pouvait avoir été le peintre dont le pinceau s'était promené sur la doublure du vêtement pour en faire l'ornement ? Unis, un homme et une femme y exposaient leur nudité. La femme y étalait ouvertement sa peau superbe. Les talons en l'air, les orteils crispés, elle s'ébattait. La vue était éblouie par le spectacle ; l'on ne pouvait croire, tant elle était vive, que ce ne fût qu'une image de la forme humaine. Des bouches immobiles on avait cependant l'illusion que sortaient de doux propos. Brûlante d'excitation, je m'appuyai un moment sur ma boîte à ouvrage : le désir de l'homme venait de se lever en moi. Ni le dé, ni la bobine de fil ne me tenaient plus en mains. L'esprit ailleurs qu'à coudre le *kosode*, toute distraite, j'étais obsédée par la même chose, me disant que, la nuit venue, je devais, hélas, tristement coucher seule encore ! Passant, une à une, les choses de mon passé en revue, je me prenais en pitié et m'affligeais : la sincérité avait été dans les larmes que j'avais versées, tandis que mes rires n'avaient été que tromperie. Mais, sans souci du vrai et du faux, je ne trouvais aucun homme antipathique parmi ceux qui me revenaient à la mémoire. Et pourtant, à cause de l'excès de l'amour que j'avais pour eux, peu de temps après notre union, je les avais fait s'abandonner à la luxure jusqu'à en mourir, au vin et à la bonne chère, de sorte que l'existence qui, pour eux, aurait dû être longue, n'avait été que trop brève. À y penser maintenant, je trouvais qu'alors j'avais été bien impitoyable. Quant aux hommes dont le souvenir me revenait à cause de quelque circonstance particulière, ils étaient en si grand nombre que je n'arrivais plus à les compter. En ce monde, cependant, il est des femmes qui, de toute leur vie, ne connaissent qu'un seul homme et qui, si elles en sont séparées par la fatalité, ne recherchent plus un second mari. D'autres, séparées par la mort de leur époux, entrent en religion. D'une conduite sérieuse et rangée, celles-ci comprennent toute « la douleur de la séparation d'avec un être aimé ». Moi, par contre, je n'avais eu que de regrettables intentions. Et, me remémorant les innombrables faits du passé, je me promettais bien, en mon for intérieur, de montrer désormais plus de persévérance. Bientôt l'aurore parut. Mes compagnes, dont les oreillers s'alignaient près du mien, s'éveillèrent aussi. Je pliai moi-même ma literie pour la ranger. Impatiente d'attendre ma ration d'un *go* de riz, je cherchai le tison qui se consumait depuis la veille au soir et je fumai d'une manière désordonnée. Ma tenue n'était pas à montrer. À la hâte, je rassemblai ma chevelure dérangée et, sans me préoccuper que le chignon en fût de travers, je la liai prestement avec un vieux cordon. Au moment de jeter l'eau qui avait servi à lisser les coques de mes cheveux sur les tempes, je jetai un regard furtif à travers le grillage d'épais bambous de la fenêtre. J'aperçus un homme qui avait l'air d'un *chûgen*, serviteur des samurais logés dans un « long appartement en façade ». Sorti le matin pour faire ses achats, il avait placé dans une corbeille de petits poissons pêchés à Shiba. D'une main, il tenait la bouteille à vinaigre ainsi que des allumettes soufrées. Sans se douter qu'il était vu, il se tenait debout, les pans retroussés de son *dainashi* couleur indigo, l'organe abaissé dans la main, et urinait. Comme la cascade d'Otowa, il faisait rouler les pierres du fossé, creusant le sol, et me plongeant ainsi dans un abîme de sensations. « Hélas ! pauvre garçon, il ne fera que vieillir dans la même condition, sans jamais pointer "sa lance" dans le "camp de Shimabara" à la capitale, sans accomplir aucun exploit ! » Ainsi pensais-je, en le plaignant. Je fus soudainement envahie de désirs qui s'accrurent au point qu'il me fut impossible de continuer mon service. Sous prétexte de maladie, je demandai mon congé au milieu même de la période de mon engagement. Je quittai mes maîtres pour aller loger dans une case, derrière les boutiques en façade, à Hongô, sixième chôme. Sur le poteau, à l'entrée de ma ruelle, je collai une affiche où s'inscrivait : « Dans le fond, couture et confection en tous genres. » Je pensais pouvoir vivre ainsi pour satisfaire librement ma passion, et me faisais un plaisir à l'idée que des hommes viendraient me voir. Mais il ne vint que des « dames de bonne condition » avec lesquelles je ne tenais pas à avoir affaire. Elles me demandaient de coudre, selon leur goût, des vêtements à la mode. Je m'en chargeais à contrecœur et j'étais assez déraisonnable pour en bâcler la couture en quelques points peu soignés.

Du matin au soir, des pensées lascives s'élevaient dans mon cœur, mais je ne pouvais les exprimer ouvertement. Une fois, une idée me prit : accompagnée de ma servante, à qui je fis porter un petit sac, j'allai au quartier de Hon-chô. J'y visitai le magasin d'étoffes « Echigo-ya » qui était fournisseur de la maison d'un seigneur quand j'y avais autrefois servi. Je leur dis : « Je ne suis plus en service actuellement, je vis seule, sans même un chat à la maison ; le voisin à l'est est toujours absent ; à l'ouest, c'est une vieille femme, de plus de soixante-dix ans, et dont l'ouïe est fort dure ; en face, rien qu'une haie vive d'*ukogi* ; pas âme qui vive. Si jamais vous allez à un hôtel de seigneur situé dans ces parages, pour affaire de votre commerce, veuillez ne pas manquer de passer chez moi pour vous y reposer. » J'achetai une demi-pièce de soie Moro-Kaga tissée avec des fils triples ; de la soie *momi* de couleur rouge, pour une manche ; et une ceinture de soie *ryûmon*. J'emportai le tout et, bien que la règle stricte de la maison fût de ne pas vendre à crédit au magasin, les jeunes commis, séduits par moi, n'osèrent refuser et me remirent la marchandise sans se soucier d'en recevoir le prix.

Le huitième jour du neuvième mois arriva bientôt. L'ordre ayant été donné d'aller toucher la somme due, une quinzaine de commis cherchèrent à esquiver, en discutant entre eux, la pénible tâche d'aller chez la couturière. L'un d'eux, d'un certain âge déjà, n'avait aucune notion de l'amour ou des choses du cœur. Il n'oubliait pas plus son abaque en rêve qu'éveillé son écritoire à compartiments. Le patron de la capitale l'avait appelé « la souris blanche ». Adossé au pilier principal du magasin, il était d'une perspicacité sans rivale pour discerner le bien et le mal dans le caractère des gens. Il s'impatienta en entendant la discussion des jeunes gens et leur déclara : « Laissez-moi l'encaissement de la note de cette femme. Si elle ne la règle pas, je reviendrai avec l'argent, dussé-je lui arracher la tête ! » Plein d'impatience, il alla voir la femme et s'emporta brutalement en paroles. Mais elle ne montra aucune émotion sur son visage et dit : « Je vous ai fait venir de bien loin pour fort peu de chose. Voilà qui vous a causé vraiment beaucoup d'ennui ! » À peine avait-elle prononcé ces paroles qu'elle enleva son vêtement reteint couleur fleur rouge de prunier et poursuivit : « Je ne l'ai porté que deux jours, hier et aujourd'hui, après l'avoir fait reteindre à ma fantaisie. Quant à la ceinture, la voici ! et elle la jeta à terre. Je suis sans argent pour le moment, et bien que cela doive vous contrarier, reprenez donc encore ceci ! » dit-elle en larmoyant. Et elle se mit toute nue, ne conservant plus que son pagne rouge.

Son corps était splendide, tout blanc, ni gras, ni maigre, sans traces de brûlures de moxa. À la vue de sa chair dodue, et tout de mœurs sévères qu'il fût, l'homme se mit à trembler en se débattant. « Mais, mais, dit-il, comment pourrais-je emporter ceci ? Je n'ose pas, car je crois que vous allez sûrement vous enrhumer. » Et il prit les vêtements et se disposait à m'en habiller quand je m'emparai prestement de lui avec une vivacité de femme et, m'appuyant sur lui, je lui dis : « Par les dieux, quel galant homme vous faites ! » Le vieux papa en fut tant ébranlé que, tout ému, il appela l'apprenti Kyûroku, lui fit ouvrir le coffre porté sur l'épaule au bout d'un bâton, y prit, à la poignée, cinq *momme* quatre à cinq *fun* de petite monnaie d'argent qu'il lui tendit avec ces mots : « Prends ceci ! va à la grand-rue de Shitaya voir le Yoshiwara. Je te donne quelques moments de loisir. » Kyûroku, tout agité, ne pouvait croire que c'était vrai. La rougeur au visage, il ne savait que répondre. Mais enfin il comprit et se dit à lui-même : « Pendant que celui-ci s'arrangera avec elle, ma présence va le gêner. D'habitude, il est très regardant, mais c'est le moment d'en tirer de force quelque chose. » « De toute façon, lui dit-il, je ne pourrais jamais me rendre au quartier des courtisanes avec un pagne en coton ! » Le premier commis en convint, et lui donna un coupon, mesuré à vue d'œil, de soie de Hino en grande largeur. Kyûroku s'en ceignit aussitôt, tel qu'il était, sans même que les bouts en fussent ourlés et sortit, se dirigeant en courant vers l'endroit où l'entraînait son désir. Après son départ, le vieux commis poussa le loquet de la porte et, de son large chapeau de jonc boucha la fenêtre. Puis ils s'unirent en un amour qui se passait d'intermédiaires. Lui, par la suite, oublia tout sentiment de lucre et perdit la tête. On ne pouvait pourtant dire que c'était une folie de jeunesse qui l'avait amené là. Les affaires du magasin d'Edo ayant par sa faute considérablement périclité, il fut renvoyé à la capitale. La femme, se prévalant de son nom de « couturière », allait, cultivant de-ci, de-là, les bonnes grâces des hommes, offrant ses services pour un *bu* par journée. Elle allait, faisant porter sa boîte à ouvrage et, en fin de compte, elle pouvait habilement subvenir à ses besoins, sans exercer son métier de nom. C'était le cas de dire qu'il s'agissait d'une vie relâchée comme « le fil dont l'extrémité est laissée sans être nouée ».

Le sexe comme transgression et libération

OSCAR WILDE

Teleny

Peut-on appeler concupiscence ce feu inextinguible qui nous consumait ? Nous ressemblions à l'animal affamé qui trouve enfin une ample pâture, et tandis que nous nous embrassions avec une avidité toujours croissante, mes doigts caressaient les boucles de ses cheveux et la peau douce de son cou. Nos jambes s'enlaçaient, son phallus en érection se frottait contre le mien non moins raide et non moins dur. Étroitement collés l'un à l'autre de façon à mettre tout notre corps dans le plus étroit contact, haletants et agités de violentes secousses, nous couvrant de baisers et de morsures, nous devions ressembler, sur ce pont, au milieu de l'épais brouillard, à deux damnés en proie aux tourments éternels.

La marche du temps s'était arrêtée, et je crois que nous aurions continué à nous exténuer dans un désir insensé jusqu'à en perdre la raison – car nous étions sur la pente de la folie –, lorsqu'un futile incident y mit fin.

Un vieux *cab*, fatigué de la besogne du jour, regagnait lentement sa remise. Le cocher dormait sur son siège. La pauvre haridelle, la tête presque entre ses genoux, sommeillait de même, bercée par le lent roulement des roues caoutchoutées sur le pavé.

— Venez chez moi, dit Teleny d'une voix nerveuse et basse. Venez chez moi… coucher avec moi, ajouta-t-il d'un ton suppliant d'amoureux.

Pour toute réponse, je pressai sa main.

— Vous voulez bien ?

— Oui, murmurai-je d'une voix faible comme un soupir.

Il héla aussitôt le *cab*, réveillant non sans peine le cocher qui mit quelque temps à comprendre ce qu'on lui demandait.

En montant dans le véhicule, ma première pensée fut que dans quelques minutes Teleny serait à moi, et cette pensée me fit tressaillir de la tête aux pieds comme sous le choc d'un courant électrique.

Je ne pouvais encore croire à mon bonheur, et mes lèvres durent prononcer ces mots : « Teleny va être à moi », pour que j'en fusse convaincu. Il sembla comprendre, car il saisit ma tête entre ses mains et me couvrit de baisers.

Puis, comme pris de remords, il me demanda :

— Vous ne vous repentez pas, dites ?

— Pourquoi me repentirais-je ?

— Et vous serez à moi, à moi seul ?

— Je n'ai jamais été ni ne serai jamais à aucun autre.

— Vous m'aimerez toujours ?

— Toujours !

— Que ceci soit notre serment et notre acte de possession éternelle, ajouta-t-il.

Là-dessus, il m'entoura de ses bras et me pressa sur sa poitrine. Je l'enlaçai de même et, à la lueur tremblotante des lanternes de la voiture, je vis luire dans ses yeux un feu de folie. Ses lèvres desséchées par la soif d'un désir longtemps contenu se tendirent vers les miennes avec une expression de souffrance. Nous nous aspirions de nouveau dans un baiser plus ardent, si possible, que le premier.

Oh ! le souvenir de ce baiser me brûle encore les lèvres.

Un baiser, c'est quelque chose de plus que le premier contact charnel de deux corps : c'est l'exhalation de deux âmes enamourées. Mais le baiser criminel longtemps retenu, longtemps désiré, est plus sensuel encore ; c'est le fruit défendu, c'est un tison ardent qui enflamme le sang.

Le baiser de Teleny me galvanisait, mon palais en goûtait la saveur. À quoi bon un serment quand on s'est donné l'un à l'autre dans un tel baiser ? Un serment n'est qu'une promesse des lèvres, le plus souvent oubliée. Un tel baiser vous suit jusqu'à la tombe.

Pendant que nos bouches se collaient l'une sur l'autre, sa main lentement, imperceptiblement, déboutonnait mon pantalon, se glissait dans l'ouverture, écartait la chemise, s'emparait de mon phallus raide et brûlant. Douce comme la main d'un enfant, experte comme celle d'une courtisane, ferme comme celle d'un maître d'escrime, elle me fit me souvenir, à son simple contact, des paroles de la comtesse.

Nous savons tous qu'il existe des gens plus ou moins magnétiques. Les uns vous attirent, d'autres vous repoussent. Teleny possédait, pour moi du moins, une sorte de fluide mesmérique dans les doigts. Son simple contact me faisait me pâmer. Ma main suivit un peu hésitante l'exemple de la sienne, et je dois confesser que le plaisir que j'éprouvais à manier sa verge était délicieux.

À peine nos doigts effleurèrent-ils nos pénis, que dans la tension excessive de nos nerfs et le degré de notre excitation, l'engorgement de nos conduits séminaux les fit déborder. Pendant un moment, une violente douleur me saisit vers la racine de la verge, ou plutôt à l'intérieur des reins, après quoi la sève de vie commença à couler lentement, lentement des glandes séminales ; elle monta au bulbe de l'urètre, le long de l'étroite colonne, comme du mercure dans le tube du thermomètre, ou de la lave en fusion dans le cratère d'un volcan. Elle atteignit le sommet, la fente s'ouvrit, les petites lèvres se séparèrent, et la crème visqueuse jaillit, non pas en un jet violent, mais par saccades, en grosses larmes brûlantes. À chaque goutte qui s'échappait, une sensation indescriptible, insoutenable, se produisait au bout des doigts, à l'extrémité des pieds, dans les plus profondes cellules de mon cerveau ; la moelle de l'épine dorsale, celle des os semblaient se liquéfier ; et lorsque ces différents courants, ceux du sang et ceux des fibres nerveuses, se rencontrèrent dans le phallus, instrument de muscles et d'artères, un terrible choc se produisit, une convulsion annihilant à la fois l'esprit et la matière – jouissance que chacun a ressentie plus ou moins violente, si violente quelquefois qu'elle cesse d'être un plaisir. Serrés l'un contre l'autre, tout ce que nous pouvions faire était d'essayer d'étouffer nos soupirs pendant que les gouttes spermatiques s'échappaient.

La prostration qui suit l'excessive tension des nerfs avait cessé lorsque le *cab* s'arrêta devant la porte de la maison de Teleny, cette porte que j'avais follement heurtée de mon poing quelque temps auparavant.

Nous sortîmes épuisés de la voiture, mais à peine la porte se fut-elle refermée sur nous que nous recommençâmes à nous baiser et à nous caresser avec une nouvelle ardeur, impuissants à refréner nos désirs.

— Viens, me dit Teleny, pourquoi attendre davantage et perdre ici un temps précieux dans le froid et l'obscurité ?

— As-tu donc froid et trouves-tu qu'il fasse noir ? lui demandai-je.

Il m'embrassa tendrement.

— Dans l'ombre, tu es ma lumière, continuai-je ; tu es le feu qui me réchauffe ; les étendues glacées du pôle seraient pour moi le paradis terrestre si tu y étais.

Nous montâmes à tâtons les escaliers, car je ne lui permis pas de faire flamber une allumette. Je me pressais contre lui, non parce que je n'y voyais pas, mais parce que j'étais enivré d'une rage d'amour comme un ivrogne l'est avec le vin.

Nous fûmes bientôt dans son appartement. Dès l'entrée, dans l'antichambre faiblement éclairée d'une veilleuse, il me tendit les bras.

— Sois le bienvenu ! dit-il. Puisse cette maison devenir tienne.

Puis il ajouta à voix basse, dans sa langue étrangère si harmonieuse :

— Mon corps a faim de toi, âme de mon âme, vie de ma vie !

Il finissait à peine que déjà nous nous caressions.

— Sais-tu, me dit-il, que je t'attendais aujourd'hui.

— Tu m'attendais ? m'exclamai-je, surpris.

— Oui, je savais que tôt ou tard tu serais à moi. Et je sentais que tu viendrais aujourd'hui.

— Comment cela ?

— Un pressentiment.

— Et si je n'étais pas venu ?

— J'aurais fait ce que tu allais faire quand je suis arrivé à temps pour t'en empêcher. La vie sans toi serait impossible.

— Quoi, tu te serais noyé ?

— Non, pas exactement. La rivière est trop froide et trop noire et je suis trop sybarite. Non, je me serais simplement endormi… de l'éternel sommeil, en pensant à toi, dans cette chambre préparée pour te recevoir, et où nul homme n'a jamais pénétré.

Il ouvrit alors la porte d'une petite chambre toute parfumée d'une pénétrante odeur d'héliotrope.

C'était une pièce fort originale, capitonnée d'une épaisse étoffe blanche fixée au mur par des boutons d'argent ; un tapis formé des toisons blanches de jeunes agneaux couvrait le plancher et au milieu, sur un vaste divan, s'étalait la fourrure d'un ours polaire. Au-dessus de ce meuble unique, une lampe d'argent ancienne, provenant de quelque église byzantine ou d'une synagogue d'Orient, répandait une pâle lumière, suffisante pour éclairer ce temple de Priape dont nous étions les adorateurs.

— Je sais, me dit-il, que le blanc est ta couleur favorite ; il sied à ton teint brun, c'est pourquoi je l'ai adopté pour toi, pour toi seul. Nul autre n'entrera ici.

Et aussitôt, avec dextérité, en un clin d'œil, il me dépouilla de tous mes vêtements ; je me laissais faire, étant entre ses mains comme un enfant endormi ou un homme en extase. En moins de rien, je me trouvai complètement nu, étendu sur la peau d'ours, et lui, devant moi, me contemplait avec des yeux dévorants.

Ses regards me fouillaient avidement partout ; ils semblaient plonger dans mon cerveau, me faisant perdre la notion des choses ; ils traversaient mon cœur, fouettaient mon sang qui coulait de plus en plus brûlant dans mes artères, ils dardaient leur fluide dans mes veines, tandis que Priape dressait sa tête, tellement gonflé et tendu qu'il semblait que ses veines allaient éclater.

Il promena ses mains sur tout mon corps ; puis ce furent ses lèvres, couvrant de baisers ma poitrine, mes bras, mes jambes, mes cuisses. Arrivé en haut, il appuya avec ravissement son visage sur l'épaisse et abondante toison qui ombrage le pubis.

Il frissonna de plaisir en sentant les poils lui chatouiller les joues et le cou ; saisissant alors le phallus, il y appuya ses lèvres. Le contact le mit hors de lui ; le gland, puis le membre entier disparurent. Pendant ce temps, j'avais saisi sa tête bouclée ; je tremblais de délices ; la sensation était si aiguë que j'en devenais fou.

La colonne, toute la vibrante colonne était dans sa bouche, la tête touchant son palais, chatouillée par sa langue, caressée à petits coups. Je me sentais sucé, mordillé, mordu. La jouissance devenait trop forte ; elle me tuait. Eût-elle duré un instant de plus, je perdais connaissance.

— Arrête, arrête, je t'en supplie, criai-je.

Il restait sourd à mes supplications. Des éclairs passaient devant mes yeux ; un torrent embrasé me traversait le corps. Des frissons rapides me parcouraient de la tête aux pieds.

— Assez, assez !

Mes nerfs se tordaient ; je me tortillais, j'entrais en convulsions. Soudain, une de ses mains qui caressait mes testicules glissa sous mes fesses et un doigt pénétra dans l'anus. Il me sembla être un homme par-devant, une femme par-derrière ; j'éprouvais des deux côtés une jouissance sans nom.

C'en était trop, mon corps se liquéfiait ; le brûlant lait de vie monta comme une sève de feu tandis que mon sang en ébullition, gagnant le cerveau, y portait le délire. Je n'en pouvais plus ; je m'évanouis de plaisir ; je tombai sur lui comme une masse inerte.

Quelques minutes après, je repris mes sens. Saisi à mon tour de rage érotique, je voulus prendre sa place, lui rendre ses caresses.

J'arrachai ses vêtements, je le mis nu comme moi. Quel plaisir de sentir sa chair contre la mienne, sa chair nue de la tête aux pieds ! Les délices que je venais d'éprouver n'avaient fait qu'augmenter mon ardeur ; aussi après nous être caressés et pressés pendant un moment, nous roulâmes sur le tapis, entrelacés, confondus, nous frottant, nous tordant comme deux chats en chaleur qui s'excitent l'un l'autre, dans le paroxysme de la rage d'amour.

Mes lèvres brûlaient de goûter à son phallus, organe superbe, digne de servir de modèle à l'idole du temple de Priape ou à être suspendu au fronton des portes des lupanars de Pompéi. À la vue de ce dieu sans ailes, nombre d'hommes auraient dédaigné l'amour des femmes – et combien le firent – pour celui de leur propre sexe. Sans atteindre une proportion exagérée, il était énorme ; le gland, gros et rond, quoique légèrement aplati, fruit de chair et de sang semblable à un abricot, était pulpeux, savoureux, appétissant.

J'en repaissais mes yeux avides ; je le saisis, je l'embrassai ; je promenai mes lèvres sur sa peau veloutée. Il s'agitait comme le mien en régulières secousses. Ma langue chatouilla doucement la tête, essayant de s'introduire entre les petites lèvres qui s'ouvraient amoureusement pour laisser échapper une goutte de rosée que je recueillis sur les miennes. Je léchai le gland, je le suçai. Le membre remuait verticalement tandis que j'essayais de le serrer plus étroitement de mes lèvres, s'avançant à chaque coup jusqu'à ce qu'il touchât mon palais ; il atteignit presque mon gosier où je le sentis se gonfler davantage. J'allais vite, vite, plus vite. Teleny saisit furieusement ma tête, les nerfs crispés.

— Ta bouche me brûle, tu me suces la cervelle ! Arrête ! arrête ! J'agonise. Je n'en peux plus… C'est trop !

Après un moment de repos, appuyé sur un coude, je réjouissais ma vue de la fascinante beauté de mon aimé, vrai modèle académique : large et forte poitrine, bras musculeux et potelés ; je n'avais jamais vu une telle vigueur unie à une telle élégance de formes ; on n'eût trouvé en lui non seulement la moindre trace de graisse, mais la plus mince superfluité de chair. Il était tout nerf et tout muscle. C'étaient ses fines attaches qui lui donnaient cette gracieuse aisance, cette flexibilité si caractéristique qui vous enlaçait avec les ondulations d'un serpent. Sa peau était d'une blancheur perlée et la toison des différentes parties de son corps, à l'exception de la tête, était noire.

Teleny ouvrit les yeux, me tendit les bras, me prit la main, embrassa et mordilla ma nuque ; puis coulant ses lèvres le long de mon dos, il y déposa une succession rapide de baisers ressemblant à une pluie de feuilles de roses tombant d'un rosier en fleurs. Saisissant alors les deux lobes charnus, il les ouvrit des deux mains et darda sa langue dans le trou où quelque temps auparavant il avait plongé son doigt. Ce fut une nouvelle et délicieuse sensation.

D. H. LAWRENCE

L'Amant de lady Chatterley

— On entre dans la cabane ? demanda-t-il.

— Me désirez-vous ? demanda-t-elle avec une sorte de défiance.

— Oui, si vous voulez venir.

Elle entra avec lui dans la cabane. Une obscurité complète y régna quand il eut fermé la porte, en sorte qu'il alluma une petite lumière dans la lanterne, comme l'autre fois.

— Avez-vous enlevé vos dessous ? lui demanda-t-il.

— Oui.

— Eh bien, alors, je vais enlever aussi mes affaires.

Il étendit les couvertures sur le sol. Elle enleva son chapeau, secoua ses cheveux. Il s'assit, enleva ses souliers et ses guêtres, déboutonna sa culotte de futaine.

— Couchez-vous donc, dit-il, quand il fut en chemise.

Elle obéit en silence, et il s'étendit auprès d'elle et tira une des couvertures sur leurs corps.

— Voilà, dit-il.

Et il releva sa robe jusqu'à ce qu'il atteignît ses seins. Il les baisa doucement, prenant les bouts entre ses lèvres, en de petites caresses.

— Ah ! que tu es bonne, que tu es bonne, dit-il soudain en lui frottant le ventre de son visage, d'un mouvement câlin.

Et elle lui mit les bras autour du corps, sous la chemise ; mais elle avait peur, peur de ce corps mince, lisse et nu qui semblait si puissant ; elle avait peur de ces muscles violents. Elle avait peur.

Et quand il lui dit, dans une sorte de petit soupir : « Ah ! tu es bonne », quelque chose en elle frissonna et quelque chose, dans son esprit, se raidit, prêt à la résistance, résistance devant cette terrible intimité physique et devant la hâte étrange de sa possession. Et cette fois-ci, elle ne fut pas étourdie par l'extase aiguë de sa propre passion. Elle restait là, les mains inertes posées sur le corps de l'homme en mouvement ; et, quoi qu'elle fît, elle ne pouvait empêcher son esprit de contempler froidement, de haut, ce qui se passait ; et le mouvement de boutoir de ces hanches lui semblait ridicule, et risible cette sorte de frénésie du pénis acharné à obtenir sa petite crise d'évacuation. Oui, c'était donc l'amour, ce ridicule bondissement des fesses, et cette défaillance du pauvre petit pénis insignifiant et moite. C'était là le divin amour ! Après tout, les modernes avaient raison dans leur mépris de cette comédie ; car c'était une comédie. Comme c'était vrai, ce que certains poètes avaient dit : le dieu qui a créé l'homme dut avoir un humour sinistre pour en faire une créature raisonnable et l'obliger en même temps à cette posture ridicule, et le pousser aveuglément à désirer cette ridicule comédie. Même un Maupassant jugeait l'amour une chute humiliante.

Froid, moqueur, son curieux esprit de femme restait détaché et, bien qu'elle demeurât parfaitement immobile, son instinct la poussait à soulever les reins, à expulser l'homme, à échapper à cette sordide étreinte et aux coups de boutoir de ces hanches ridicules qui la chevauchaient. Ce corps d'homme était une chose absurde, impudente, imparfaite, un peu dégoûtante, inachevée, grossière. Certes, une humanité parfaitement évoluée éliminerait cette comédie, cette « fonction ».

Et pourtant, quand il eut fini, très vite, et qu'il demeura étendu, si tranquille, enfoncé dans son silence, dans un éloignement étrange et immobile, loin, si loin, au-delà de ce qu'elle pouvait atteindre, elle se mit à pleurer dans son cœur. Elle le sentait refluer, refluer loin d'elle et l'abandonner comme un caillou sur la plage. Il se retirait ; il la quittait en esprit. Il savait.

Et, prise d'une vraie douleur, elle se mit à pleurer. Il n'y prit pas garde ; il ne savait même pas, peut-être, qu'elle pleurait. La tempête de ses sanglots s'élevait et la secouait et secouait.

— Oui, dit-il, c'est raté, cette fois-ci. Vous étiez absente.

Ainsi il savait. Elle pleura plus fort.

— Mais qu'as-tu ? dit-il. C'est toujours ainsi de temps en temps.

— Je… Je ne puis pas vous aimer, dit-elle en pleurant, car elle sentait son cœur se briser.

— Tu ne peux pas ? Eh bien, ne t'en occupe pas. Il n'y a pas de lois qui t'y obligent. Prends les choses pour ce qu'elles sont.

Il avait toujours la main sur sa poitrine ; mais elle ne lui tenait plus le corps de ses deux mains.

Ce qu'il disait ne la consolait guère. Elle sanglotait tout haut.

— Non, non, dit-il. Il faut accepter la balle avec le grain. Cette fois-ci, c'est un peu de balle.

Elle pleurait amèrement :

— Mais je voudrais vous aimer, disait-elle en sanglotant, et je ne puis pas. Ah ! tout cela est horrible !

Il rit un peu, à demi amer, à demi amusé.

— Ce n'est pas horrible, dit-il, même si tu le trouves horrible. Et tu ne peux pas le rendre horrible. Ne t'occupe pas de m'aimer ou de ne pas m'aimer. Tu ne peux pas t'y forcer. Dans un panier de noix, il y en a toujours une mauvaise. Il faut prendre la mauvaise avec la bonne.

Et, retirant sa main, il cessa de la toucher. Et maintenant qu'il ne la touchait plus, elle se sentait perversement satisfaite. Elle haïssait son patois : et ces *tu*, ces *toi*, ces *tiens*. Il pouvait se lever s'il le voulait, et se tenir debout juste au-dessus d'elle, reboutonnant cette absurde culotte de futaine, droit devant elle. Après tout, Michaelis avait eu la décence de se retourner. Cet homme était si sûr de lui-même qu'il ne soupçonnait même pas qu'on pût le juger grossier, sans éducation.

Et pourtant, tandis qu'il se retirait en silence pour se lever et la quitter, elle s'accrocha à lui, terrifiée.

— Ne pars pas ! ne pars pas ! ne me laisse pas ! Ne sois pas fâché contre moi ! Tiens-moi ! Tiens-moi fort ! murmurait-elle en proie à une frénésie aveugle, sans savoir même ce qu'elle disait, et s'accrochant à lui avec une sorte de démence.

C'est d'elle-même qu'elle voulait être sauvée, de cette rage, de cette résistance qu'elle sentait en elle-même. Et pourtant quelle force dans cette résistance !

Il la reprit dans ses bras et l'attira à lui, et soudain elle devint petite dans ses bras, petite et câline. C'était fini, la résistance était finie, et elle commença à fondre en une paix merveilleuse. Et, comme elle fondait merveilleusement et devenait toute petite dans ses bras, elle lui devint infiniment désirable ; toutes ses veines semblèrent brûler d'un intense et pourtant tendre désir pour elle, pour sa douceur, pour cette pénétrante beauté qu'elle avait dans ses bras et qui lui passait dans le sang. Et doucement, de cette merveilleuse et vertigineuse caresse de sa main animée d'un doux et pur désir, doucement, il caressait la pente soyeuse de ses reins, plus bas, plus bas encore, entre ses fesses douces et chaudes, plus près, plus près encore de ce qu'il y avait en elle de plus vivant. Et elle le sentait comme une flamme de désir, tendre pourtant, et elle se sentait fondre dans la flamme. Elle se laissait aller. Elle sentit le pénis se dresser contre elle avec une force extraordinaire, une silencieuse assertion, et elle se laissa aller à lui. Elle céda avec un frisson qui ressemblait à la mort, elle s'ouvrit tout entière à lui. Ah ! s'il n'était pas tendre envers elle maintenant, quelle cruauté, car elle était ouverte à lui tout entière, et toute à sa merci !

Elle frissonna de nouveau à cette entrée en elle, puissante, inexorable, si étrange, si terrible ! Ce serait peut-être un coup de sabre dans son corps doucement ouvert, et alors elle mourrait. Elle s'accrocha à lui, en proie à une soudaine et terrible angoisse. Mais ce fut une lente caresse de paix, la sombre caresse de paix, de puissante et primordiale tendresse, comme celle qui créa le monde aux origines. Et la terreur s'apaisa dans sa poitrine. Sa poitrine se laissa aller en paix ; elle-même ne retint plus rien. Elle laissa tout aller, elle se laissa aller elle-même, tout entière, dans le flot.

Et il lui sembla qu'elle était comme la mer, toute en sombres vagues s'élevant et se gonflant en une montée puissante jusqu'à ce que, lentement, toute sa masse obscure fût en mouvement et qu'elle devînt un océan roulant sa sombre masse muette. Et, tout en bas, au tréfonds d'elle-même, les profondeurs de la mer se séparaient et roulaient de part et d'autre, en longues vagues qui fuyaient au loin, et, toujours, au plus vif d'elle-même, les profondeurs se séparaient et s'en allaient en roulant de chaque côté du centre où le plongeur plongeait doucement, plongeait de plus en plus profond, la touchant de plus en plus bas ; et elle était atteinte de plus en plus profond, de plus en plus profond, et les vagues d'elle-même s'en allaient en roulant vers quelque rivage, la laissant découverte ; et, de plus en plus près, plongeait l'inconnu palpable, et de plus en plus loin roulaient loin d'elle les vagues d'elle-même qui l'abandonnaient, jusqu'à ce que soudain, en une douce et frémissante convulsion, le fluide même de son corps fût touché ; elle se sut touchée ; tout fut consommé ; elle disparut. Elle avait disparu, elle n'était plus, elle était née : une femme.

Ah ! trop beau, trop charmant ! Dans le reflux, elle comprit toute cette beauté. Maintenant tout son corps s'accrochait avec un tendre amour à l'homme inconnu, et, aveuglément, au pénis défaillant qui, tendrement, faiblement, sans le savoir, se retirait, après le furieux assaut de sa puissance. Comme il se retirait, chose secrète et sensible, et abandonnait son corps, elle poussa un cri inconscient, un cri de pure perte, et elle essaya de le remettre. Ç'avait été si parfait ; elle en avait eu tant de joie !

Et maintenant seulement, elle comprenait la petitesse du pénis, sa délicatesse, sa réticence de bourgeon, et un petit cri d'émerveillement et de douleur lui échappa encore ; le cri de son cœur de femme émerveillé par la délicate fragilité de ce qui avait été la puissance.

— Que c'est beau ! gémit-elle. Que c'est bon !

Mais il ne dit rien ; il l'embrassait seulement doucement, couché sans mouvement sur elle. Et elle gémit avec une sorte de béatitude, comme une victime, comme une chose qui vient de naître.

Et maintenant dans son cœur s'éveillait l'étrange émerveillement qu'elle avait de lui. Un homme ! L'étrange puissance de la virilité sur elle ! Ses mains erraient sur lui, encore un peu craintives devant cette chose, étrange, hostile, légèrement repoussante qu'il avait été pour elle : un homme. Et maintenant elle le touchait, et c'étaient les fils de Dieu avec les filles des hommes. Qu'il était beau, d'un tissu si pur ! Combien beau et charmant, fort, et pourtant pur et délicat ! Quelle immobilité du corps sensible ! Quelle absolue immobilité, l'immobilité de la puissance et de la chair délicate. Qu'il était beau ! Elle lui glissa craintivement les mains le long du dos jusqu'aux globes doux et serrés des fesses. Beauté ! Quelle beauté ! Une nouvelle petite flamme de compréhension la traversa. Comment était-ce possible, cette beauté, là même où elle avait naguère senti tant de répulsion ? L'ineffable beauté de ces fesses chaudes et vivantes qu'elle touchait ! La vie dans la vie, la simple beauté, puissante et chaude ! Et le poids étrange de ses couilles entre ses jambes ! Quel mystère ! Quel poids étrange, lourd de mystère, qu'on pouvait tenir ainsi doux et lourd, dans ses mains ! C'étaient les racines, la racine de tout ce qui est beau, la racine primitive de toute beauté complète.

Elle s'accrocha à lui avec un soupir d'émerveillement qui était presque un soupir de crainte, de terreur. Il la tenait fort, mais ne disait rien. Il ne disait jamais rien. Elle se glissa plus près de lui encore, plus près, seulement pour être tout près de ce miracle sensuel qui était lui. Et, du fond de son absolue, de son incompréhensible immobilité elle sentit de nouveau la lente, et fatale montée du phallus, de l'autre puissance. Et son cœur fondit et s'écroula dans une sorte de terreur.

Et, cette fois, la présence de l'homme en elle ne fut que douceur et chatoiement, si pure qu'elle devenait insaisissable. Tout son être frémit, inconscient et vivant, comme du protoplasme. Elle ne pouvait savoir ce que c'était. Elle ne pouvait se rappeler ce que ç'avait été ; seulement que ç'avait été plus délicieux que rien autre ne pourrait jamais l'être. Seulement cela. Après, elle resta entièrement tranquille, entièrement sans connaissance. Elle n'aurait pu dire combien de temps. Et il était tranquille comme elle, plongé avec elle dans un insondable silence. Et de tout cela, ils ne parleraient jamais.

SOURCES

L'ANTIQUITÉ OU L'INVITATION AU PLAISIR

CATULLE, *Poèmes*, 5, traduit du latin par Jacques Gaillard (*Anthologie de la littérature latine*, Folio n° 4272), © Éditions Gallimard, 2005.

PROPERCE, *Élégies*, IV, 8, traduit du latin par Jacques Gaillard (*Anthologie de la littérature latine*, Folio n° 4272), © Éditions Gallimard, 2005.

OVIDE, *L'Art d'aimer* (livres I, « Larmes, baisers, hardiesse » et II, « Pratique des choses de l'amour »), traduit du latin par Henry Bornecque, © Société d'édition des Belles Lettres, 1924 et 1930, pour la traduction française.

LUCRÈCE, *De la nature* (livre IV), traduit du latin par Alfred Ernout, © Société d'édition Les Belles Lettres, 1984, 1985 pour la traduction française.

PÉTRONE, *Le Satiricon*, traduit du latin par Pierre Grimal (Folio n° 70), © Éditions Gallimard, 1959.

ENTRE RENAISSANCE ITALIENNE ET LIBERTINAGE AMOUREUX

BOCCACE, *Le Décaméron*, « Septième journée, deuxième nouvelle », traduit de l'italien par Giovanni Clerico (Folio n° 4352), © Éditions Gallimard, 2006.

CASANOVA, *Histoire de ma vie*, « Leonilde », 1770 (Folio n° 1760), © F. A. Brockhaus, Wiesbaden, 1960, 1961 et 1962.

ÉROTOLOGIE ARABE OU MANUEL DES PLAISIRS

Les Mille et Une Nuits, « Le Portefaix et les Trois Dames », 9e et 10e nuits, traduit de l'arabe par André Miquel (*Les Mille et Une Nuits*, III, Folio n° 2775), © Gallimard, 1996.

Mouhammad AL-NÂFZÂWÎ, *La Prairie parfumée où s'ébattent les plaisirs*, chapitre VI, « Les manières de conjoindre », traduit de l'arabe par René Rizkallah Khawam, © Éditions Phébus, 1976 et 2003.

Ali AL-BAGHDADI, *Les Fleurs éclatantes dans les baisers et l'accolement*, traduit de l'arabe par René Khawam, © Éditions Phébus, 1989.

LES GRANDS TEXTES ÉROTIQUES ASIATIQUES. LE SEXE SACRALISÉ

VÂTSYÂYANA, *Kâma Sûtra, Le Bréviaire de l'Amour. Traité d'érotisme de Vâtsyâyana*, première partie, chapitre I ; deuxième partie, chapitre VII, traduction d'Alain Daniélou, © Éditions du Rocher, 1992.

Le Livre de Centhini, « Chant 125 », *in* Élisabeth D. INANDIAK, *Les Chants de l'île à dormir debout*, © Éditions du Relié, 2002.

Jin Ping Mei, Fleur en fiole d'or, livre I, chapitre IV, « Où la dévergondée fait l'amour derrière le dos de son mari Wu l'Aîné et Frère-Yun indigné fait un esclandre dans la maison de thé ! », traduit du chinois par André Lévy (*Fleur en fiole d'or*, I, Folio n° 3997), © Éditions Gallimard, 1985.

Ihara SAIKAKU, *Vie d'une amie de la volupté*, livre IV, chapitre II, « Une doublure libertine ornée de peintures à l'encre de Chine », traduit du japonais par Georges Bonmarchand (Connaissance de l'Orient, série japonaise, n° 20), © Unesco, 1975, pour la traduction française.

LE SEXE COMME TRANSGRESSION ET LIBÉRATION

Oscar WILDE, *Teleny*, traduit de l'anglais par Dominique Roy, © Les Éditions du Pré aux Clercs, 1996.

D. H. LAWRENCE, *L'Amant de lady Chatterley*, chapitre XII, traduit de l'anglais par Frédéric Roger-Cornaz (Folio n° 2499), © Éditions Gallimard, 1932.

L'Antiquité ou l'invitation au plaisir 7

Catulle, *Poèmes*, 5 9
Properce, *Élégies*, (livre IV, 8) 10
Ovide, *L'Art d'aimer* (livres I et II) 12
Lucrèce, *De la nature* (livre IV) 17
Pétrone, *Le Satiricon* 22

Entre Renaissance italienne et libertinage amoureux 27

Boccace, *Le Décaméron* (« Septième journée », deuxième nouvelle) 29
Casanova, *Histoire de ma vie* (« Leonilde », 1770) 36

Érotologie arabe ou manuel des plaisirs 41

Les Mille et Une Nuits (« Le Portefaix et les Trois Dames », 9e et 10e nuits) 43
Mouhammad al-Nâfzâwî, *La Prairie parfumée où s'ébattent les plaisirs* (chapitre VI, « Les manières de conjoindre ») 47
Ali al-Baghdadi, *Les Fleurs éclatantes dans les baisers et l'accolement* 56

Les grands textes érotiques asiatiques. Le sexe sacralisé 59

Vâtsyâyana, *Kâma Sûtra. Le Bréviaire de l'Amour. Traité d'érotisme de Vâtsyâyana* (première partie, chapitre I ; deuxième partie, chapitre VII) 61

Le Livre de Centhini (« chant 125 ») 64

Jing Ping Mei, Fleur en fiole d'or (livre I, chapitre IV, « Où la dévergondée fait l'amour derrière le dos de son mari Wu l'Aîné et Frère-Yun indigné fait un esclandre dans la maison de thé ! ») 70

Ihara Saikaku, *Vie d'une amie de la volupté* (livre IV, chapitre II, « Une doublure libertine ornée de peintures à l'encre de Chine ») 73

Le sexe comme transgression et libération 81

Oscar Wilde, *Teleny* 83

D. H. Lawrence, *L'amant de lady Chatterley* (chapitre XII) 93

COLLECTION FOLIO 2€

Dernières parutions

4790. Marcel Proust	*La fin de la jalousie* et autres nouvelles
4839. Julian Barnes	*À jamais* et autres nouvelles
4840. John Cheever	*Une Américaine instruite* précédé d'*Adieu, mon frère*
4841. Collectif	*«Que je vous aime, que je t'aime!» Les plus belles déclarations d'amour*
4842. André Gide	*Souvenirs de la cour d'assises*
4843. Jean Giono	*Notes sur l'affaire Dominici* suivi d'*Essai sur le caractère des personnages*
4844. Jean de La Fontaine	*Comment l'esprit vient aux filles* et autres contes libertins
4845. Yukio Mishima	*Papillon* suivi de *La lionne*
4846. John Steinbeck	*Le meurtre* et autres nouvelles
4847. Anton Tchekhov	*Un royaume de femmes* suivi de *De l'amour*
4848. Voltaire	*L'Affaire du chevalier de La Barre* précédé de *L'Affaire Lally*
4875. Marie d'Agoult	*Premières années (1806-1827)*
4876. Madame de Lafayette	*Histoire de la princesse de Montpensier* et autres nouvelles
4877. Madame Riccoboni	*Histoire de M. le marquis de Cressy*
4878. Madame de Sévigné	*«Je vous écris tous les jours...» Premières lettres à sa fille*
4879. Madame de Staël	*Trois nouvelles*
4911. Karen Blixen	*Saison à Copenhague*
4912. Julio Cortázar	*La porte condamnée* et autres nouvelles fantastiques

4913. Mircea Eliade — *Incognito à Buchenwald...* précédé d'*Adieu!...*
4914. Romain Gary — *Les Trésors de la mer Rouge*
4915. Aldous Huxley — *Le jeune Archimède* précédé de *Les Claxton*
4916. Régis Jauffret — *Ce que c'est que l'amour* et autres microfictions
4917. Joseph Kessel — *Une balle perdue*
4918. Lie-tseu — *Sur le destin* et autres textes
4919. Junichirô Tanizaki — *Le pont flottant des songes*
4920. Oscar Wilde — *Le portrait de Mr. W.H.*
4953. Eva Almassy — *Petit éloge des petites filles*
4954. Franz Bartelt — *Petit éloge de la vie de tous les jours*
4955. Roger Caillois — *Noé* et autres textes
4956. Jacques Casanova — *Madame F.* suivi d'*Henriette*
4957. Henry James — *De Grey, histoire romantique*
4958. Patrick Kéchichian — *Petit éloge du catholicisme*
4959. Michel Lermontov — *La princesse Ligovskoï*
4960. Pierre Péju — *L'idiot de Shanghai* et autres nouvelles
4961. Brina Svit — *Petit éloge de la rupture*
4962. John Updike — *Publicité* et autres nouvelles
5010. Anonyme — *Le petit-fils d'Hercule. Un roman libertin*
5011. Marcel Aymé — *La bonne peinture*
5012. Mikhaïl Boulgakov — *J'ai tué* et autres récits
5013. Sir Arthur Conan Doyle — *L'interprète grec* et autres aventures de Sherlock Holmes
5014. Frank Conroy — *Le cas mystérieux de R.* et autres nouvelles
5015. Sir Arthur Conan Doyle — *Une affaire d'identité* et autres aventures de Sherlock Holmes
5016. Cesare Pavese — *Histoire secrète* et autres nouvelles
5017. Graham Swift — *Le sérail* et autres nouvelles
5018. Rabindranath Tagore — *Aux bords du Gange* et autres nouvelles

5019. Émile Zola	*Pour une nuit d'amour* suivi de *L'inondation*
5060. Anonyme	*L'œil du serpent. Contes folkloriques japonais*
5061. Federico García Lorca	*Romancero gitan* suivi de *Chant funèbre pour Ignacio Sanchez Mejias*
5062. Ray Bradbury	*Le meilleur des mondes possibles* et autres nouvelles
5063. Honoré de Balzac	*La Fausse Maîtresse*
5064. Madame Roland	*Enfance*
5065. Jean-Jacques Rousseau	*« En méditant sur les dispositions de mon âme... »* et autres rêveries, suivi de *Mon portrait*
5066. Comtesse de Ségur	*Ourson*
5067. Marguerite de Valois	*Mémoires. Extraits*
5068. Madame de Villeneuve	*La Belle et la Bête*
5069. Louise de Vilmorin	*Sainte-Unefois*
5120. Hans Christian Andersen	*La Vierge des glaces*
5121. Paul Bowles	*L'éducation de Malika*
5122. Collectif	*Au pied du sapin. Contes de Noël*
5123. Vincent Delecroix	*Petit éloge de l'ironie*
5124. Philip K. Dick	*Petit déjeuner au crépuscule* et autres nouvelles
5125. Jean-Baptiste Gendarme	*Petit éloge des voisins*
5126. Bertrand Leclair	*Petit éloge de la paternité*
5127. Alfred de Musset - George Sand	*« Ô mon George, ma belle maîtresse... » Lettres*
5128. Grégoire Polet	*Petit éloge de la gourmandise*
5129. Paul Verlaine	*L'Obsesseur* précédé d'*Histoires comme ça*
5163. Akutagawa Ryûnosuke	*La vie d'un idiot* précédé d'*Engrenage*
5164. Anonyme	*Saga d'Eiríkr le Rouge* suivi de *Saga des Groenlandais*
5165. Antoine Bello	*Go Ganymède!*

5166. Adelbert von Chamisso — *L'étrange histoire de Peter Schlemihl*
5167. Collectif — *L'art du baiser. Les plus beaux baisers de la littérature*
5168. Guy Goffette — *Les derniers planteurs de fumée*
5169. H. P. Lovecraft — *L'horreur de Dunwich*
5170. Léon Tolstoï — *Le diable*
5184. Alexandre Dumas — *La main droite du sire de Giac* et autres nouvelles
5185. Edith Wharton — *Le miroir* suivi de *Miss Mary Pask*
5231. Théophile Gautier — *La cafetière* et autres contes fantastiques
5232. Claire Messud — *Les Chasseurs*
5233. Dave Eggers — *Du haut de la montagne, une longue descente*
5234. Gustave Flaubert — *Un parfum à sentir ou Les Baladins* suivi de *Passion et vertu*
5235. Carlos Fuentes — *En bonne compagnie* suivi de *La chatte de ma mère*
5236. Ernest Hemingway — *Une drôle de traversée*
5237. Alona Kimhi — *Journal de Berlin*
5238. Lucrèce — « *L'esprit et l'âme se tiennent étroitement unis* ». *Livre III de « De la nature »*
5239. Kenzaburô Ôé — *Seventeen*
5240. P. G. Wodehouse — *Une partie mixte à trois* et autres nouvelles du green
5347. Honoré de Balzac — *Philosophie de la vie conjugale*
5348. Thomas De Quincey — *Le bras de la vengeance*
5349. Charles Dickens — *L'embranchement de Mugby*
5350. Épictète — *De l'attitude à prendre envers les tyrans*
5351. Marcus Malte — *Mon frère est parti ce matin...*
5352. Vladimir Nabokov — *Natacha* et autres nouvelles
5353. Arthur Conan Doyle — *Un scandale en Bohême* suivi de *Silver Blaze. Deux aventures de Sherlock Holmes*

5354. Jean Rouaud	*Préhistoires*
5355. Mario Soldati	*Le père des orphelins*
5356. Oscar Wilde	*Maximes* et autres textes
5415. Franz Bartelt	*Une sainte fille* et autres nouvelles
5416. Mikhaïl Boulgakov	*Morphine*
5417. Guillermo Cabrera Infante	*Coupable d'avoir dansé le cha-cha-cha*
5418. Collectif	*Jouons avec les mots. Jeux littéraires*
5419. Guy de Maupassant	*Contes au fil de l'eau*
5420. Thomas Hardy	*Les intrus de la Maison Haute* précédé d'un autre conte du Wessex
5421. Mohamed Kacimi	*La confession d'Abraham*
5422. Orhan Pamuk	*Mon père* et autres textes
5423. Jonathan Swift	*Modeste proposition* et autres textes
5424. Sylvain Tesson	*L'éternel retour*
5462. Lewis Carroll	*Misch-Masch* et autres textes de jeunesse
5463. Collectif	*Un voyage érotique. Invitations à l'amour dans la littérature du monde entier*
5464. François de la Rochefoucauld	*Maximes*
5465. William Faulkner	*Coucher de soleil* et autres Croquis de La Nouvelle-Orléans
5466. Jack Kerouac	*Sur les origines d'une génération* suivi de *Le dernier mot*
5467. Liu Xinwu	*La Cendrillon du canal* suivi de *Poisson à face humaine*
5468. Patrick Pécherot	*Petit éloge des coins de rue*
5469. George Sand	*La château de Pictordu*
5470. Michel de Montaigne	*De l'oisiveté* et autres Essais en français moderne
5471. Martin Winckler	*Petit éloge des séries télé*

Composition Nord Compo
Impression Novoprint
à Barcelone, le 31 août 2012
Dépôt légal : août 2012

ISBN 978-2-07-044919-4/Imprimé en Espagne.

245762